Kadokawa Fantastic Novels
無職轉生
到了異世界就拿出真本事
26
理不尽な孫の手
Rifujin na Magonote
插畫：シロタカ

艾莉絲
瑞傑路德
爾斯帝德
魯迪烏斯
人物介紹

巴迪岡迪
人神
基斯

「早安，洛琪希。我打算把今天定為假日，妳意下如何？」

無職轉生 26

到了異世界就拿出真本事

理不尽な孫の手
Rifujin na Magonote

插畫：シロタカ

Kadokawa Fantastic No

無職轉生～到了異世界就拿出真本事～㉖

CONTENTS

第二十六章 青年期 決定勝負篇

第一話「鬥神的威脅」 10

第二話「最後王牌」 55

第三話「轉折點五」 94

第四話「戰鬥結束」 146

最終章 完結篇 187

第一話「最後的夢」 188

第二話「三十四歲」 204

最終話「死後的世界」 218

「阿斯拉王國人物錄 『魯迪烏斯．格雷拉特』」 232

「後記」（節錄自魯迪烏斯之書第二十六集） 252

終章「序章之零」 260

歷代角色設計集 277

「我踏出了一步，因為諸多幸運的加持，讓我走完了自己的人生。

不是每個人都會死，也不是每個人都很好運。

要怎麼做，是你的自由。」

- I worked hard, lived hard, died happy. I was satisfied.

著：魯迪烏斯・格雷拉特

譯：金恩・RF・馬格特

第二十六章 青年期 決定勝負篇

第一話「鬥神的威脅」

★香杜爾觀點★

吾名為亞歷克斯・卡爾曼・雷白克。

是北神卡爾曼的親生兒子，也是繼承了其技巧與北神稱號之人。

北神卡爾曼一世……不，我們不會將北神卡爾曼稱為一世，從來都只是稱呼他為北神卡爾曼，總之呢，我是北神卡爾曼一世的兒子，北神卡爾曼二世。為了不愧對卡爾曼這個名字，我為了成為真正的英雄而踏上周遊世界的旅程。

我打倒了巨龍、打倒了超巨大的貝西摩斯、打倒了宰制國家的邪惡神官、打倒了盤據在中央大陸的巨大食人猿、打倒了施行苛政的愚昧國王，就連毀滅了中央大陸頂尖公會的迷宮守護者也被我親手打倒……

有可能會成為英雄傳奇的事情，我幾乎全都做了。

憑藉著世界最強的魔劍、遺傳自母親的強壯身體，以及父親所創造的最強劍術，擊敗了所於是，我得到了最強的稱號以及名聲。
受到人們感謝，徹底吹捧。
流有不死魔族血液的這具身軀，即使經年累月依然健康硬朗，讓我得以繼續當個英雄。
所以我得意忘形了。
我當時認為自己所向無敵。
陶醉在自身的強大，以壓倒性的實力戰勝所有敵人。
當時的我，深信自己是個真正的英雄。

某天，我被一名流浪街頭、年紀輕輕的少年偷走魔劍。
這名少年將魔劍拿到一幫混混群聚的偏僻酒館。
將魔劍拿在手上的，是那群混混的頭頭，劍神流的高徒……劍聖。
若是平常的我，對付區區劍聖就如同掰斷嬰兒的手那般輕而易舉。即使是赤手空拳也是不費吹灰之力。
……然而令人驚訝的是，我陷入了苦戰。
魔劍的力量驚人無比，將那名混混的實力昇華到劍帝，甚至更上一層樓。何況他還是第一次使用。

經歷苦戰拿下勝利之後，我的內心受到了相當大的震撼，同時也留下了一個疑問。

「我真的很強嗎？」

正當我受到打擊，茫然自失地站在原地時，那名混混如此說道：

「都是因為你，這一帶才會變得亂七八糟。」

聽到這句話，我頓時會意過來。對啊，沒錯，是這個國家。

不論是支配國家的邪惡神官，還是施以苛政的愚蠢國王，都是在這個國家打倒的。

儘管神官惡貫滿盈，但國家從前也是仰賴宗教而運轉。

雖說國王施以苛政，但在強硬的支配之下，國家才得以維持體制。

國民或許會感到不幸，但從前確實很和平。

然而現在不同了。

如今這裡被稱為紛爭地帶。

由於一個大國分崩離析，導致諸多小國陷於連綿不絕的戰亂。國家興起、覆滅，反覆不斷，即使是勝者，也依然陷入無法自拔的戰爭泥沼之中。

小國紛紛成為其他大國的食糧，不斷有人死去。

都是我的錯。

我因為單方面的見解，斷定支配者是邪惡的一方，將其打倒之後，反而導致人們失去了和平的話。

當我認清這個現實後，內心不禁產生了一個疑問。

「我真的是英雄嗎？」

內心湧起這兩個疑問的不久之後，我放下了魔劍，捨棄了英雄的身分。

換句話說，我得到的答案為「不是」。

希望各位不要誤會，我喜歡「英雄」。

我喜歡聽許多輝煌的英雄傳奇，至今也依然期盼自己能成為那樣的存在。

可惜的是，我似乎沒有作為英雄的才能。不過，我還是希望自己「總有一天」、「有機會的話」可以實現夢想。各位想必也很清楚，人是沒有那麼簡單放棄的。

我只是放棄硬逼著自己去成為英雄。

於是我思考到最後，決定將武器改為棍棒，專心培育人才。

之所以將武器改為棍棒，是因為我認為這是最好的選擇。簡單直接，而且這種類型的棍棒隨手可得。就算被偷也不成問題，可以純粹地發揮出自己的實力。所以我認為這個最好。況且從戰術層面來看，比劍稍長的武器也是更加有利。不過說穿了，只要不是魔劍什麼其實都好。

關於培育人才這方面，該怎麼說，或許有很大一部分是為了贖罪。

從前的我，實在是過於看輕他人。

這樣講聽起來很像在藐視別人，但簡而言之呢，就是我把自己與別人分成主角與配角看待，而且還深信自己就是主角。所以我才會輕易斷定他人是邪惡的一方，沒有考慮到後果而將他人定罪。

實在是很難為情。無論是誰，都是自己人生當中的主角，任誰都會有自己的慾望。我自己也是相同。我因為憧憬著英雄這樣的存在，才會認為那些行為是正義，但其實沒這回事。我與自己打倒的那些支配者根本沒有區別。

總歸一句話，我想成為英雄的願望，根本就只是慾望。

當我像這樣思考時，便開始不強求成為一個英雄，而是覺得就算自己是在真正的英雄故事當中登場的配角也無所謂。

父親北神卡爾曼也是如此。

儘管他與龍神烏爾佩及甲龍王佩爾基烏斯並稱為「殺死魔神的三英雄」，但以整個故事來看，他並不是主角。

但對我來說他不僅是主角，還是個出色的真正英雄，嗯。

總之不管怎麼樣，正因為有這段過去，我才會打算把自己也放到那個位置。

可是如果要說在培育人才的這個目的當中，理由不包括「英雄的師傅這位置還挺帥的」，那就是騙人的了……

實際上我收了許多弟子後，與其說意外地有意思，不如說我從中窺見了自己也不太知曉的北神流這流派博大精深的一面。

體格不受上天眷顧的劍士、失去雙臂的劍士、從出生起就失明的劍士，各自以自己的方式下了苦工，摸索取勝之道。

我所學過的北神流，是父親傳授給母親的北神流。那是不死魔族為了在戰鬥中將不死性發揮到極致所練就的蠻橫劍術。

所以我原本認為那才是北神流，然而北神流應該是本就沒有力量的人，或是失去了某些東西的人，為了在戰場上活命所創的。

我在收了許多弟子後才明白這個道理。

除此之外，我也陸續地搞懂了從前自己覺得很懂的事情，看事情的視野更加遼闊，開始尊敬我的人也逐漸多了起來。

那與當初人們把我推舉成英雄時所受到的尊敬又有些許不同，然而不知為何，我的心情比當英雄時還要更加開心。

同時，雖說是出於偶然，但我對自己選擇棍棒作為武器這點也很引以為傲。

因為我知道，偉大父親的理念確實深深地植入我的內心。

我還記得自己注意到這點時，頓時感激涕淚。

我想從那時開始，自己打算成為英雄的想法就變得薄弱了。

後來幾經輾轉，我成為了愛麗兒陛下的屬下。

因為我認定她與那位卡瓦尼斯王相同，有著英雄王的資質。

我認為這點是毋庸置疑。

我成為愛麗兒的屬下不久之後，她轉眼間便集結了各路的英雄豪傑，在阿斯拉王國建立了無可撼動的體制。

若是時代不同，這群人傑想必都會名留青史。

然而，聚集了如此多傑出人物的愛麗兒並沒挑起戰端，而是繼續推動富國強兵的政策。

她尤其對魔法技術投入了鉅額的資產，讓大臣們個個面有難色。

我曾詢問她為何不惜力排眾議也要這麼做，她給的答覆是這麼說的，拉普拉斯會在幾十年後復活，所以要從自己這代就採取對策。

太出色了，這是何等有遠見的人物！我確實是找到了最值得侍奉的主子！

我原本是這樣想，但後來經過一番調查，才發現陛下身後有個可疑的影子在蠢蠢欲動。

那人就是魯迪烏斯・格雷拉特。

我沒花多少工夫就查出那男人是龍神的部下。應該說陛下很乾脆地就坦承了這件事，她說自己背後有龍神奧爾斯帝德的援助。

龍神奧爾斯帝德惡名昭彰，我早已有所耳聞。

據說，此人會突然貫穿對手的胸膛。

據說，此人會突然把人推落懸崖。

據說，此人會搶走他人的獵物。

據說，此人會奪走他人剛取得的魔力附加品。

儘管我不常聽說他的目擊情報，但偶爾聽到的都是這類傳聞。

我以前也曾經親眼見過一次那個人……但僅僅看了一眼，我就心生畏懼。

北神與龍神是盟友。

北神卡爾曼與龍神烏爾佩的友誼，絕對不會褪色。

面對冠以龍神之名的人，感謝自是當然，絕不應該對其產生恐懼。

就我個人而言，甚至希望與這代的龍神交友，增進感情。

然而，我卻感到畏懼。

說不定他身上有那類的詛咒。會導致凡是見到龍神之人都感到恐懼的詛咒……雖說後來我才知道這個推測是正確答案，現在先把這件事放到一邊吧。

由於那號人物擁有這樣的詛咒，我是第一次看到他的部下。

魯迪烏斯·格雷拉特。

你問我對他的第一印象？

嗯，我想想，總之，我覺得他是個弱不禁風的男人。雖然感覺他有著聰穎的一面，但與其說是賢者，更像是會耍些小手段的那種類型。一言以蔽之就是個小角色。

根據之前從愛麗兒陛下與基列奴那邊所聽來的描述，他給我的印象是個更偉大的人物，但本人卻截然不同。

話雖如此，在我看來，他也並非常見的那種會對強者或是權貴阿諛奉承之流。

給我一種很不可思議的印象。

所以，我認為或許像他這種人反而會成為英雄。

因此愛麗兒陛下詢問我是否能去魯迪烏斯身邊擔任援軍時，我二話不說就答應了。

而且我確實也參加了令人熱血沸騰的戰鬥。

冥王、鬼神、劍神，以及我兒子北神卡爾曼三世……

以暗潮洶湧的策略為開端，緊接而來的是武力的正面對決……

這場戰鬥就宛如我曾經以英雄為目標的那時一樣。

實在痛快，近年來已經鮮少體會到這種令人血脈賁張的戰鬥了。

可是若換個說法，也代表我從前就曾體驗過這樣的戰鬥了。

我是這麼認為的……但沒想到竟然還會有新的發展。

鬥神。

在拉普拉斯戰役的遙遠往昔，終結第二次人魔大戰的最強存在。

我從沒想過他的真面目居然會是舅父巴迪岡迪，不過，那個肌肉不倒翁總是給人一種深不可測的感覺，想來也是合情合理。

仔細想想，母親也評論過舅父「巴迪只是裝得很聰明，但其實就是個笨蛋」。

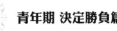

點這種話，我就會想不是應該這麼說吧，就是應該裝成笨蛋才對吧，就是因為會把錯這種地方，母親才會被人瞧不起吧？我曾經這樣想過，但知道答案後，也隱隱約約能夠理解了。他是裝得自己很聰明的笨蛋。原來如此，確實沒錯。

好啦，言歸正傳，眼前的對手是鬥神巴迪岡迪。

如果軼聞屬實，他無疑是在第二次人魔大戰中大殺四方的最強存在。

不動的七大列強第三位。

面對這樣的對手，我是這麼想的。

我果然沒有成為英雄的才能。

因為在我的故事當中，沒有出現過這種傳說級的存在。

當然，也有對手令我陷入苦戰，也有強者令我印象深刻。我向來都對這種人抱有敬意。

然而自得到魔劍之後，我就再也沒遇過比自己更有實力的對手。

如今當我放下魔劍、捨棄名字、丟下稱號、捨棄身為主角的立場，作為一名配角投身於別人的戰鬥之中，才總算遇見這樣的對手。

這樣一想，就覺得魯迪烏斯果然有成為英雄的才能。

儘管本人聽到這番話可能會一臉嫌棄，但所謂的英雄就是這麼一回事。

總是會遇上自己必須打倒的敵人。

和我不一樣。

「……人生果然不能盡如人意啊。」

如今我手上的並非魔劍，而是平凡無奇的棍棒。

要與鬥神一戰，這樣的武器根本無用武之地。在往後被世人寫進英雄傳奇時，肯定也不是很帥氣。

「呼哈哈哈哈！人生就是這樣！」

「舅父，你說這種話也沒什麼說服力呢。」

「什麼話！吾的人生可是充斥著各種不如意啊！」

「是這樣嗎？那麻煩你告訴我吧。我很有興趣。」

在我立志當個英雄時，從未進行這樣的問答。

但如今的我是配角。既然目的是為了爭取時間，貫徹這點也是一名身經百戰的戰士應盡的職責。

巴迪岡迪是智慧魔王。

與外表相反，其實他幾乎無所不知，也很樂意教導別人。

只要我說有興趣，他或多或少就會滔滔不絕講起來吧。不過唯獨重要的部分總會裝傻敷衍過去。

「我們沒那種閒工夫。老大，快把這傢伙攆走，追上前輩吧。」

但我的如意算盤沒有得逞。

在他身旁的那個獅子臉魔族介入了我們之間的對話
我雖然覺得曾在哪看過那張臉，卻絲毫想不起來。從他的言談來看，也感覺不到任何威脅。想來並非什麼了不起的人物。
然而，他的表情卻讓我感覺到一股非比尋常的覺悟。
既然他會與鬥神一同出現在此，這也是理所當然吧。
「呼哈哈哈！了解！不過，這傢伙從前好歹也是被稱為英雄，在整個世界都有瘋狂支持者的男人。別把他當成隨處可見的小角色。」
「這種事我當然知道。不過老大，我還知道另一件事。現在的北神卡爾曼二世贏過鬥神巴迪岡迪的機率……頂多只有萬分之一。」
「哦，意思是還有萬一嗎？」
「是啊，就是能言善道的北神將老大你成功拉攏過去。」
「呼哈哈哈！你居然以為吾會被亞歷克斯這小子哄騙，真是令吾遺憾啊！」
「被我這種小人物哄騙的傢伙，還真好意思說呢。」
「別說什麼小人物。比起那個為了成為英雄而大鬧四方，最後發現當不了就索性放棄，甘心當個配角的畏縮膽小鬼，吾更中意你的覺悟好幾倍。」
「嘿，你這話說得真令人害羞啊。」
鬥神轉向這邊。

看來作戰是失敗了……不過話又說回來，沒想到舅父竟然會認為我是個膽小鬼，其實有點心痛。我好歹也是在深思熟慮之後，才決定過上現在的生活啊。

不，說不定這代表那個猴子臉的魔族更加真摯，所以才能打動舅父。

記得他是叫基斯吧。我最好別輕視他。

因為這個男人正是魯迪烏斯・格雷拉特一路追趕的對象。

「呼哈哈哈！那吾要上了！」

黃金鎧甲唐突地襲來。好驚人的壓力。

自與那個王龍王卡夏庫特對戰之後，我就從未感受到如此的壓力。那還是我尚未獲得那把魔劍的時候。

無論如何，或許這就是我的最後一戰。

我可能贏不了，但他確實夠格當我的對手。

我就下定決心一戰吧。

「來吧！由我北神卡爾曼二世亞歷克斯・雷白克當你的對手！」

我如此說道，與巴迪岡迪對峙。

★
★
★

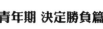

有人從前曾經僅僅五分鐘就被打成破抹布吧。

而且是在年歲已高，教導過不少徒弟之後。

我有。就是現在。

鬥神巴迪岡迪很強。

儘管舅父偶爾會用深不可測的態度講些別具含意的話，但我沒想到他竟然會這麼強。從前我有幾次拜託他陪我交手，當時也只認為他雖是魔王，卻不如母親那般強大。

然而，現在只是交手幾個回合，我的棍棒就被打斷，全身都被狠狠修理了一頓。

我對自己的棒術與徒手戰鬥的技巧都頗為自信，如今卻被徹底粉碎。

我這百年來磨練的技巧對他毫無用武之地。

這就是鬥神鎧嗎？

乍看之下，只覺得鬥神鎧增加了舅父的力量以及速度。

然而實際交手之後，才發現他架招的技術也因為鎧甲而有壓倒性的提升。

至少，巴迪岡迪的技術即使多少有些增加，也依然不及我。

無論是否赤手空拳，我自認都能擊潰他，而不是被他壓制。

可是我完全瓦解不了他的防禦，回過神來反而是被他單方面碾壓。

仔細想想這也是當然的。所謂的鎧甲就是用來保護身體。架招的技術也是為了保護身體而存在。

穿上可以提升能力的鎧甲，其技術當然也會隨之提升。

再加上雙方力量與速度本就存在著壓倒性的差距，我當然是束手無策。

這與一隻老鼠打不贏巨龍是相同道理。

儘管巨龍可能會因為老鼠身上的毒或疾病而死，但很可惜的，在那副鎧甲裡面的是這世上對那類東西最有抗性的人。

不死魔族不會死。

儘管他們會中毒也會染病，但這種手段終究殺不了不死魔族。

也就是說，我沒有任何手段能應付鬥神鎧。無計可施。

若是有魔劍……若是有那把王龍劍卡夏庫特，或許還有辦法。

那把劍就是隱藏著如此強大的力量。

可是，我認為在力有未逮時用智慧補足，才算是真正的英雄。

話雖如此，我並不是那麼聰明。

畢竟我這個男人身上流的血，是來自那個惡名昭彰的不死魔王阿托菲拉托菲。

儘管會動腦，但在緊要關頭總是用蠻力硬幹。所以我從前才會仰賴魔劍奪走他人的和平。

但現在連這點都不管用。雖然我必須要想點辦法……但腦袋卻是一片空白。

在天上的父親啊，請賜予我智慧吧。

「呵呵呵呵呵呵呵！」

是母親。不死魔王阿托菲拉托菲站在有些高的地方。

不僅如此。遠遠望去，還能看見鬼神的巨軀。雖然只是隱隱約約，但我也從氣息察覺到其他成員也正打算趕來這裡。

「怎麼會，現在應該先撤退才對……」

我說到一半，便把話打住。

至少，母親聽到敵襲是不可能會住手的。

另外，以守護這一帶為己任的鬼神勢必也是不落人後。

阿托菲與鬼神。

這兩人一旦參戰，若是自己不加入戰局就糟糕了。

這樣講雖然很像是自賣自誇，但包含我在內，這三人的戰力都相當巨大。

「喝！」

隨後，具有分量的存在降落在我眼前。

是女人。

不，雖說確實是位女性，但感覺用女人稱呼她反而有點難為情。

「啊──哈哈哈哈哈！」

我母親，不死魔王阿托菲拉托菲加入了戰局。

她還特地從高處一躍而下。

「我也要參戰。」

對母親做的事情一一追問也毫無意義。

因為不死魔族是憑著一時興起、氣勢，還有自己的一套規則而行動的生物。

「呼哈哈哈！姊姊，剛才是這傢伙親口說要一對一的！難道妳打算從旁介入魔王與勇者的單挑嗎！」

而且，他們自己的一套規則當中還有個「要在旁靜觀單挑的結果」。

「嗯？是這樣嗎？」

「不，我沒說啊。」

若無其事地說謊也是北神流的常套手段。

「他這樣說啊！」

「呼哈哈哈哈！姊姊果然是笨蛋啊！」

「囉唆！我才不是笨蛋！」

即使不是一對一單挑，母親也鮮少為某人的戰局助陣。

或許她是認為對手是魔王，所以我們這邊是勇者隊伍吧。

如果是這樣，那真的很少見。畢竟母親對魔王這個存在有著自豪與堅持。

還是說，她與那具鬥神鎧之間有什麼因緣嗎？

「香杜爾先生！」

此時，其他的成員也追上來了。

魯迪烏斯閣下、艾莉絲閣下、瑞傑路德閣下、克里夫閣下以及艾莉娜麗潔閣下，親衛隊長的穆亞閣下也趕來了，這實在是相當可靠。

雖然很可靠，但即使如此，也不知道我們是否有勝算……

話雖如此，也只能放手一搏了。

「魯迪烏斯閣下……」

「請你先退後接受治癒魔術！我們會在這裡收拾他們！」

我心想，這下不行。

他太過投入了。

一直緊追不捨的宿敵突然出現，乍看之下我方戰力也相當完備，雖說遭到奇襲，但依然成功地重振旗鼓。所以他才會這樣認為吧。

但這種想法是大錯特錯。

話是這樣說，但現在就算我建議撤退，他肯定也聽不進去吧。

畢竟撤退之後要是沒想到任何對策，也同樣沒戲唱。

而且，我確實是想不到任何對策。

那麼，現在果然還是得放手一搏。

魯迪烏斯閣下的考量絕不算壞。

但只有剛剛戰鬥過的我心知肚明。

以現在的戰力，贏不了鬥神巴迪岡迪。

★★★

巴迪岡迪將半個身子浸到海裡，在這個狀態下與我們開始交戰。

發動接近戰的，是母親、鬼神、艾莉絲閣下與瑞傑路德閣下四人。

我在接受克里夫閣下的治癒魔術後，便退到稍遠的位置支援他們。

在面對具有壓倒性力量的敵人時，需要有人做出綜觀大局的判斷。

巴迪岡迪讓基斯坐在肩上，同時面對四個人。

雙方力量的差距顯而易見。明明讓基斯坐在肩上，巴迪岡迪對付起敵人卻像是在戲耍孩童那般輕鬆。

「嗚嘎啊啊啊啊啊！」

步。

而且，她還是不死魔王。

是這數千年來讓人族陷入恐懼之中的魔王，實力可說是名副其實。

如果是知曉母親過去的魔王，光是搬出她的名字就足以令他們聞風喪膽。

即使如此，對巴迪岡迪還是不管用。

其他三人的攻勢也是相同。

艾莉絲閣下的斬擊速度快得迅雷不及掩耳，卻依然無法斬開鬥神鎧，瑞傑路德閣下精準的攻擊也全都被輕易地架開。鬼神的力量也起不了任何作用。

實力天差地別。

阿托菲親衛隊也在遠處圍住巴迪岡迪，對他施放魔術。

冰之箭、火之箭、岩之砲彈，這些魔術如同暴雨那般對巴迪岡迪傾注而下。

然而，看起來都在命中的前一刻被消除了。

親衛隊施放的魔術無法命中基斯。

那是鬥神鎧的能力嗎？還是基斯使用了某種魔力附加品呢……

恐怕是後者吧。

我對基斯雖然不是很了解，但他應該針對魯迪烏斯閣下鉅細靡遺地調查過了。既然與人神有關聯，那他自然是把應付我們的對策都演練過了一遍。

換句話說，我們必須要趁早收拾坐在巴迪岡迪肩上的基斯。

話雖如此，只要看到母親陷入苦戰的模樣，就很清楚想接近他絕非易事。

「我先用魔術轟炸他！麻煩你們支援我！」

魯迪烏斯閣下稍微觀察了戰局一陣子，然後像是下定決心那般如此說道。

儘管他給人一種畏畏縮縮的印象，但是到了這個時候自然也不可能臨陣退縮。

「吁——」

我感覺到魯迪烏斯閣下的手正在匯聚魔力。

這一瞬間的猶豫，是在擔憂攻擊波及到母親以及鬼神嗎？

他的目標……果然是基斯。

看來他與我得出了相同的結論。

如果是他的魔術，要直擊可以清楚看見身影的對手想必是易如反掌。

不過，他究竟打算使用什麼樣的魔術？

說到魯迪烏斯閣下擅長的魔術就是岩砲彈（Store Cannon）、泥沼以及濃霧那類……至少就岩砲彈來說，親衛隊剛才擊發的都被消除了。

「好。」

當我仰望天空，顯然有片烏雲正覆蓋著昏暗的天空。

那陣烏雲變得愈來愈大。

周圍開始下雨。

遠方甚至傳來雷鳴。

狂風呼嘯，大海也隨之翻湧。

這是水聖級魔術「豪雷積雨雲（Cumulonimbus）」嗎？

可是，這畢竟是對軍魔術。即使對鬥神管用，勢必也會對我方造成嚴重損害。

如今就因為水量增加，浪潮也逐漸變大，導致母親他們變得有些難以行動，雖說影響微乎其微就是。

所以，我想魯迪烏斯閣下是要使出更進一階的魔術。

那就是水王級魔術「雷光（Lightning）」。

話雖如此，本來應該是要在「豪雷積雨雲」完成之前就進行壓縮，再將其落下。

然而，雲層卻進一步擴張。颳起了好幾道龍捲風，暴風及驟雨狠狠地拍打在臉上。

對魔術不甚了解的我很難理解，但是精通戰鬥的我卻十分清楚。

這是奧義。

此時此刻，魯迪烏斯閣下正打算釋放他的奧義。

艾莉絲閣下按住被強風吹亂的頭髮。

浪潮繼續高漲，眼前三人依然在持續戰鬥，他們周圍所產生的衝擊波激起了好幾道水柱。

天空已被一大片雲層所覆蓋。周圍變得昏暗，由於下雨的影響，前方的能見度甚至不足五十公尺。

雖然我是沒問題，但處於這種狀態下，平凡的劍士就算看丟敵人也很正常。

不過，他有千里眼。

想必魔眼依然捕捉著持續在戰鬥的那三個人。

巴迪岡迪是擁有魔眼殺手的魔王。包含在他肩上的基斯，魯迪烏斯閣下應該都看不清楚。

然而，他應該能清楚地看見阿托菲與鬼神。

「……唔！」

魯迪烏斯閣下握緊高舉的左手。

足以令背脊竄起寒顫的龐大魔力，頓時衝向高空。

雲層一口氣收縮。剛才那個規模彷彿足以覆蓋整個世界的烏雲頓時消失得無影無蹤。

隨後，月亮現形。

「……」

他在計算時機。

因為魯迪烏斯閣下明白出手的時機。我肯定他絕對不會打偏。

隨後，母親與鬼神同時發動攻擊，也同時遭到打飛。

在那短短的一瞬間，兩人與鬥神拉開了距離。

就在那瞬間。

魯迪烏斯閣下揮下右手。

「雷光。」

那道「雷光」，比我從前看過的任何一道都教人驚嘆。

雷光是壓縮雷雲，再降下落雷的魔術。

然而，方才降下的並非落雷。

而是一道光柱。

在那個出現的瞬間，周圍的聲音頓時消失。

雨在一瞬間停止，靜寂與光芒覆蓋了整個世界。

光柱底下形成了一道巨大的水柱。

轟響。

好似落雷聲音的轟響，直擊鼓膜。

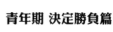

「以……將……土之……」

在這陣轟響當中，可以聽見克里夫閣下斷斷續續詠唱咒語的聲音

魯迪烏斯閣下對這聲音起了反應，開始行使了一個魔術

在視線當中，海水化作水塊迎面撲來。他那道雷光所造成的衝擊，創造出了堪稱天災級別的海嘯。

水塊彷彿要把一切盡數吞沒，轉眼間就逼近眼前——

「『沙暴(Sandstorm)』。」

隨後與砂塊相撞，直接抵銷。

由於魯迪烏斯閣下與克里夫閣下的魔術作用，水塊化為褐色雨水，汙染了大海與沙灘。

我見證了這個結果，隨即望向鬥神那邊。

我聚精會神，尋找黃金身影。

「…………」

然而，眼簾卻沒映入任何東西。

絲毫不見人影。

「成功了嗎？」

魯迪烏斯閣下見狀，下意識地喃喃自語。

他小聲地說了這句話。

儘管喃喃自語也不會改變什麼，但這句話相當不吉利。

我自己也有經驗，通常會說「成功了嗎？」的時候，往往都沒有成功。

「！」

我感覺到氣息後，連忙抬頭望向上方。

艾莉絲閣下與瑞傑路德閣下似乎也注意到了。

下一瞬間，眼前噴起了一道砂柱。

有某個物體正在從空中落下。那個物體受到泥砂之雨的洗禮，依然發出耀眼的光輝。

那是金色的光芒。

「唔！」

我聽見魯迪烏斯閣下的沉吟。

隨後，那傢伙在魯迪烏斯閣下的眼前著地。

他似乎比身穿魔導鎧的魯迪烏斯閣下還要大上一圈。

黃金鎧甲。在頭盔底下，是否依舊是我認識的那張臉呢？

「我還以為死定了呢。」

聲音來自鎧甲的肩上。

說話的是滿身泥巴的猴子臉魔族。基斯・努卡迪亞。

接著，鎧甲如此宣言。

「吾名鬥神巴迪岡迪！乃是人神的盟友，也是鬥神之名的繼承者！在此向魯迪烏斯・格雷

「呼哈哈哈哈！廢話少話！」

這次我來不及阻止。

魯迪烏斯閣下就被金色鎧甲揍飛。

一擊。

僅僅一擊，魔導鎧便四分五裂，魯迪烏斯閣下也應聲飛到空中。

隨後，他重重地摔到地上。

「魯迪烏斯！」

艾莉絲閣下的叫聲在現場迴盪。

各位以前看過有人被打成破抹布嗎？

我有。從以前到現在已經看過了無數次，而且我也曾親手把對手變成破抹布。

然而，這次動手的人並非是我。

就在剛剛，魯迪烏斯閣下那套帥氣的魔導鎧徹底遭到粉碎，變成了一塊破抹布。

由於他趴在地上，我沒辦法確認他的表情，但肯定是變成了一去酒館就會被恥笑說「變得這麼帥啊」的那種破抹布。

在接下來的十幾秒，其他成員也紛紛被打得落花流水。

母親只剩下腳踝，整個身體粉碎，現在正在重生。不過想必立刻又會啊——哈哈哈地大笑吧。

鬼神閣下全身都是瘀青，手也被打斷了。從他口中流出的血量來看，即使是生命力強大的鬼族，若是不使用治癒魔術也會死的。

而且，由於負責發號施令的魯迪烏斯閣下倒下，全體士氣也明顯下降。

艾莉絲閣下衝向魯迪烏斯閣下，在他身旁舉著劍，不斷呼喊他的名字。

瑞傑路德閣下雖然沒有柔弱到因為司令官倒下就束手就擒，但顯然也感到動搖。

克里夫閣下已經完全嚇傻了，艾莉娜麗潔閣下的盾被擊碎，沒辦法再站到前面。

穆亞閣下在母親面前想必會死戰到底，但他似乎也判斷該先撤退。

時候到了。

我撿起掉在地上的劍。

這是母親的劍。

魔王阿托菲拉托菲的愛劍，魔界的名刀匠尤里安·哈利斯可鍛造的四十八魔劍之一。

魔劍「顎碎」。

那個頑固又乖僻的刀匠大叔，基於父親的名譽獻給母親的逸品。

據說收下這把劍時，母親難得露出了若有所思的表情。在那之後她總是劍不離身，也絕不

「瑞傑路德閣下！穆亞閣下！」
兩人唯有一瞬間望向這邊。感覺就是雖然沒有餘裕，就先聽聽看那樣。
「我會製造出鬥神的破綻！請趁機撤退！」
英雄傳奇總會有個結局。
基本上都是打倒邪惡的魔王，皆大歡喜，但事實上更多的是殘酷或無趣的結局。
要不是挑戰比自己更強大的敵人，或是陷入某人的圈套之中，再不然就是被新的英雄挑戰，敗北而死。
我的父親北神卡爾曼從前也是如此，不論是多麼出色的英雄，不論是多麼強大的英雄，只要與戰鬥為鄰，便無法逃離敗北以及死亡的可能性。
即使如此，英雄仍然是英雄。就算知道最後難逃一死，人們還是會因為他們燦爛的活躍而內心澎湃，將他們的生存方式烙印在心底。
雖說我就算死在這裡，也不會留下任何紀錄……
但父親北神卡爾曼也是如此。最後沒有留下任何紀錄，便迎接了自己的死期。
那麼憧憬著父親的我，也應該和他做相同的事情。
挑戰自己贏不了的對手，華麗地犧牲。
雖說與我內心所描繪的死法不同……但也沒什麼，這種事情經常發生。

更重要的是，我的犧牲並不會白費。

「右手於劍。」

好久沒做這樣的宣言了，希望別一時語塞或是咬到舌頭啊……

「左手於劍。」

雙手緊握劍柄。從丹田將力量凝聚到全身，凝視著在眼前大鬧的黃金鎧甲。

「以此雙臂匯聚，盡滅森羅萬象之命，賜予唯一之死。」

在自己的人生當中，有好幾次只會在關鍵時刻說出這番話。

既然都詠唱這個了，我便告訴自己絕不允許敗北，在我放棄當個英雄後就從未說過這番話。

時隔多年的宣言，即使是在面對敗北的這個時候，也流利到讓我驚訝。

「北神流亞歷克斯・雷白克……領教！」

這對我來說是最後一戰。就拿出真本事吧。

★魯迪烏斯觀點★

回過神來，便聞到好香的味道。

同時，臉頰還感覺到溫度。我的臉頰貼著某個東西。

「……你醒了嗎！」

臉頰貼著的那個存在發出聲音。

是艾莉絲的聲音。

「！」

此時，我迅速地恢復意識。

我現在正被艾莉絲揹著。

「……狀況怎樣了？」

我反射性地挺起身子，環視周圍。

周圍有幾個人類似難民般走在我身邊。

克里夫、艾莉娜麗潔，以及瑞傑路德。

「我們輸了。」

艾莉絲喃喃這樣說道。語氣聽來很不甘心。

後來，艾莉絲他們似乎挑戰了鬥神，結果全員被他修理得體無完膚。

艾莉絲被一擊打暈，艾莉娜麗潔的盾被打碎。

阿托菲與鬼神雖然驍勇善戰，但聽說也是一次又一次地遭到打飛。

穆亞代替昏迷不醒的我下達了撤退的指示。

瑞傑路德救回了我與艾莉絲，後來是由阿托菲、阿托菲親衛隊、鬼神及香杜爾殿後，我們才能成功撤退。

「這樣啊。」

我大受打擊。

居然沒兩三下就敗北，實在教人震驚。

我並不覺得自己是最強的。

拿一式來說，在首戰的時候也敗給了奧爾斯帝德。

我知道自己並非無敵。

可是，最近接連拿下勝利也是不爭的事實。

甚至還打贏了阿托菲與亞歷。雖說亞歷那場並不是我一個人打倒，但贏了就是贏了。

我也總是先預想自己會輸。

不過，我還是第一次被一拳打倒。

一擊就被打得稀巴爛，直接不省人事，這還是第一次。

……難道我太小看巴迪岡迪了？

雖說是鬥神，但我是不是在內心的某處依然認為，那位魔王陛下會稍微手下留情？

「接下來該怎麼辦？」

艾莉絲如此詢問，我陷入思考

接下來……下一步嗎？下一步該怎麼辦？

雖說並不是無計可施，但面對那個鬥神，有辦法用我那些耍小聰明的技倆贏他嗎？戰力方面也很令人不安。

仔細一看，香杜爾、鬼神還有阿托菲以及親衛隊都不在。他們也有可能已經死了。剩下我、艾莉絲、瑞傑路德、克里夫、艾莉娜麗潔……還有斯佩路德族的戰士嗎？

話雖如此，我實在不能算得上戰力，失去了一式的我和蟲子沒兩樣。

我能辦到的，頂多只是挖一條河川、蓋一座高山、引發山林大火這種程度。

與《三張護身符》那個故事相同。（註：出自日本童話）鬥神肯定會喝乾河川、跨越高山、用自己喝乾的河水澆熄山林大火，朝我追過來吧。

以現在的戰力根本毫無勝算。

「只能逃走了吧。」

「……瑞傑路德先生。」

瑞傑路德看著我的眼睛如此說道。

「那是真正的七大列強。即使我們合力圍攻，也無法戰勝的對手。」

要逃走……嗎？

就這樣一路逃到斯佩路德族的村落，然後……又要怎麼辦？

在《三張護身符》的故事中，小和尚逃進寺廟後，老和尚運用他的機智擊退了山姥姥。

在斯佩路德族的村落，也有一個老和尚（奧爾斯帝德）。

可是……鬥神巴迪岡迪，還有基斯。

他們的目的是取我的性命，以及削弱奧爾斯帝德的力量。

奧爾斯帝德若是與鬥神戰鬥，勢必會消耗掉與北神或是劍神戰鬥所無法比擬的大量魔力。

那肯定是實質上的敗北。

而他們為了達成這個目的，絕對會追著我們到天涯海角。

在這個世界上無論哪裡都沒有安全的地方。

「……就算逃走，我們也贏不了。」

「那麼，就只能抱著玉石俱焚的覺悟一戰了。」

即使抱著玉石俱焚的覺悟戰鬥，輸了就是輸了。我們還是贏不了。

要是死了，一切就結束了。

「……魯迪烏斯，振作點。」

突然，艾莉絲握住了我的手。

她的手溫暖而有力。這是拯救過我無數次的手，也是抱過我孩子的手。

「嗯。」

我要好好思考獲勝的方法。

首先，我需要情報。

例如說鬥神鎧的弱點之類。

但是，我聽說鬥神鎧是拉普拉斯所製造的最強鎧甲。甚至連製作者本人都只能戰得平分秋色。應該是沒有什麼弱點吧。

但就算沒有弱點，也應該有攻略的方法或是應戰的方法。

說不定可以從這種地方得到某些提示。

有誰知道這點呢？

阿托菲……已經不在了。

奧爾斯帝德嗎？也對，必須去問他才行。

可是，萬一問了也沒有找到任何線索的話……

「……」

不。就算找不到方法，他也是終究得一戰的對手。

現在就應戰吧。阿托菲、鬼神還有香杜爾都已經不在了。

但是，應該還是有辦法取勝。

不過即使要戰鬥，我還是希望能將損害降到最小。

我不希望斯佩路德族的村落被捲入戰火之中。

而且那裡還有諾倫。我不能讓她戰鬥。

應該還是有勝算的。雖說可能不到一％，但還是有的。

沒錯。

仔細想想，我不是還留了最後的王牌嗎？

本來的話，是想要在更早的階段就使用的最後王牌。

「…………我們先撤退到森林，在那裡拖延時間。」

我決定賭在那上面。

「知道了。」

所有人都點頭同意。

★ ★ ★

就這樣，我回到了斯佩路德族的村落。

我的最後王牌似乎還沒有抵達。

按照預定，正常來說應該已經到了……或許是出了什麼狀況。

要繼續等下去嗎……該怎麼辦……

我壓抑著迷惘的內心，在奧爾斯帝德面前正襟危坐，向他報告到昨天為止的事情經過。

「以上。鬼神、阿托菲以及香杜爾目前下落不明。」

「……」

奧爾斯帝德的表情很嚴肅。

「鬥神巴迪岡迪啊。」

「請問，有攻略方法嗎？」

「……沒有。我雖然知道鬥神鎧，但從未與穿上鬥神鎧的巴迪岡迪戰鬥過。」

「這樣啊……」

雖說已經猜到了，但我依然忍不住感到氣餒。

不過，我並沒有表現在臉上。

「那麼，請告訴我鬥神鎧的情報。」

「鬥神鎧是拉普拉斯製作的最強鎧甲。之前一直沉在林古斯海的中央，魔神窟的最深處。鎧甲表面在散發的魔力作用下會閃耀著黃金色的光輝，給予裝備者最強的力量。然而，鎧甲卻因為過於強大的魔力而擁有自我，會篡奪裝備者的意識。」

「可是，巴迪岡迪的意識看起來並沒有被奪走啊？」

至少在我看來，巴迪岡迪並沒有被操控。

依然是我記憶中的那個巴迪。

不過，或許只是看不出來，實際上已經被操控了。

畢竟他無論對上阿托菲還是香杜爾都是二話不說就殺過來了。

「……意識完全被奪走之前需要一段時間。穿上鬥神鎧後隨著時間經過，意識就會逐漸遭到鬥神鎧支配，變得無法判斷是非善惡，一心只渴望戰鬥。不過，巴迪岡迪的肉體特殊，魔眼對他無效。或許不會被鬥神鎧奪走意識。」

意思是巴迪岡迪穿上之後還沒有經過那麼長的時間嗎？

話又說回來，這種奪取意識的方式好像曾在哪聽過……

「鬥神鎧與你的魔導鎧相同，是以裝備者的魔力為燃料而運作，但和你的有一點不同，就是直到裝備者的生命力完全耗盡之前都無法脫下。既然穿上的人是巴迪岡迪，會相當於半永久運作。鬥神鎧在被穿上的瞬間，就會化為最適合裝備者的型態，同時還會製造出最合適的武器。射程距離雖然要看武器而定，但既然穿上的人是巴迪岡迪，想必不會是遠距離戰鬥用的武器。魔術會因為鎧甲表面散發出來的黃金色光芒而幾乎無效……但是，也存在著閾值。如果是你以全力射出的岩砲彈，或許有辦法管用。」

真詳細。難得奧爾斯帝德會滔滔不絕地講個不停。

不過，這樣啊。比起雷擊，岩砲彈會更有效嗎？雖說我事前並不知情，但真是失策。

「以前奧爾斯帝德大人戰鬥時，是誰穿著那套鎧甲？」

「某個海人族。不過，他立刻就因為魔力耗盡而死了。」

「有其他案例嗎？」

「我自己穿過幾次，人族曾穿過一次，魔族也是一次。」

原來他有好幾次裝備過的經驗嗎？

也是啦，如果不是自己用過好幾次，自然也不會知道得這麼詳細。

「那具體來說，該怎麼做才能打倒它呢？」

「……不知道。」

「您也不清楚嗎？」

「一旦穿上鬥神鎧，就感受不到疲勞以及疼痛，能夠隨時以最佳狀態戰鬥。不過，那終究只是鎧甲強行讓裝備者行動罷了，並沒有恢復裝備者傷勢的功能。因此只要攻擊有辦法奏效，打持久戰是最有效果的，但是……」

對手是巴迪岡迪的話，這麼做自然行不通嗎？

鬥神鎧會運作到裝備者死亡為止，但巴迪岡迪是不死之身。

根本就是永動機啊。

「請問拉普拉斯是如何打倒它的？」

「他以超越鬥神鎧防禦閾值的高輸出魔力直接攻擊，暫時性地消滅內部的肉身，將其分離。結果便是大陸上開了個大洞，形成了林古斯海。」

「……原來如此。」

也就是說如果攻擊力夠高，也是有可能對它造成傷害嗎？

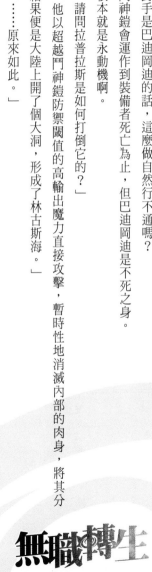

只是在那之後傷勢也會被鎧甲恢復。

如果是這樣的話，倒是有個辦法……

「不過，我以前聽說當時的裝備者已經死了，沒想到竟然是巴迪岡迪啊。」

「您不知道嗎？」

「似乎就連拉普拉斯也不清楚是誰在當時的戰鬥穿上了那套鎧甲。我聽說人已經死了，便不再感任何興趣。因為以前鬥神從未像現在這樣變成敵人擋在我的眼前。」

「這是……您在過去的輪迴中從拉普拉斯本人口中聽說的嗎？」

「沒錯。還包含我是初代龍神的兒子，以及初代龍神對我施加了這樣的詛咒。」

「可是，您還是不得不殺了拉普拉斯，是嗎？」

「沒錯。為了抵達人神的所在之處，我必須殺死所有五龍將，取出祕寶才行。」

「……」

感覺這還是第一次聽到他果斷地說出非殺不可。

果然是這樣嗎？

那麼，想必沒辦法指望佩爾基烏斯派援軍過來了。拜託別人幫忙，事後卻打算背叛他，是我也不願意。

現在就算議論這些事情也無濟於事。

「對你來說，這應該不是個愉快的話題吧。」

「……不會。」

現在還是思考眼前的事情吧。

首先是巴迪岡迪。

既然人神也是一邊預測自己的未來一邊行動，想必也不會輕易就使用像巴迪岡迪這種會擅自行動的棋子吧。

說不定，這就是人神手上真正的王牌。

畢竟前陣子久違碰面那時，他看起來確實被逼得走投無路。

鬥神巴迪岡迪。

巴迪岡迪原本就是人神的使徒。

儘管不清楚人神為何在以往的輪迴當中都沒動用巴迪，但看來這次總算是把這張王牌拖出來了。

不過如果以往的輪迴當中沒出來，原因八成在我身上吧。

「所以，你打算怎麼做？」

「我要戰鬥。畢竟也無路可逃了。」

「好吧，那由我出馬。雖然沒試過，但也不至於打不贏才對。」

奧爾斯帝德如此說道，挺起身子。

但是我連忙上前制止。

「不，請您等一下。」

奧爾斯帝德重新坐回位子。

雖然因為面具而看不到臉，但我感覺得出他現在表情一臉茫然。

「要是現在讓奧爾斯帝德大人消耗魔力，就結果而言我們還是輸了。沒有任何意義。」

「若是你死在這裡，也是輸。一樣毫無意義。」

「……嗯，這樣說也沒錯。」

是要選擇當下，還是放眼未來呢？

不過，既然都已經努力到這一步了，我還是希望繼續堅持到真的不行的那一刻為止。

「可是，即使奧爾斯帝德大人非得戰鬥不可，我應該也能在那之前先削弱鬥神的力量。」

「……你會死喔。」

「到時，我留下來的家人就拜託您了。」

我不想死，我想活著回去。

可是，現在肯定是關鍵時刻。

鬥神是基斯與人神最後的手段。

或許他們還留有一手，但是將冥王、劍神、北神、鬼神全部打倒後，演變成了現在這個狀態。

使徒也只剩下最後一張。覆蓋的牌已經全都打開了。

若是能在這裡打倒門神，對方肯定也會相當吃不消

現在正是必須要頑強抵抗、戰鬥、拿下勝利的時刻。

「好吧。不過，一旦你發現贏不了，就要立刻撤退。明白嗎？」

「感謝您。」

我低頭致意後，隨即起身。

「請問……洛琪希那邊有聯絡了嗎？」

「還沒。」

「這樣啊。若是有聯絡的話，麻煩您立刻通知我。」

看到奧爾斯帝德點頭，我便移動到房子外面。

眼前已經有群戰士們在等著我。

以銳利的眼神釋放著殺氣的艾莉絲。

以俐落的姿勢佇立著的瑞傑路德。

表情略顯亢奮、緊張，又帶點害怕的克里夫。

一臉就是要守護那樣的克里夫的艾莉娜麗潔。

聽說香杜爾被打倒，哭喪著臉的杜加。

由於在上次的戰鬥中全身衣服都被扒光，身穿斯佩路德族民族服裝的札諾巴。

以及，已經準備好守護斯佩路德族村落的戰士們。

總共有這些成員。

老實說，我很不安。

香杜爾、阿托菲以及鬼神脫離戰線的缺口過於巨大。他們可說是準七大列強。實力比在場的成員還要高出一兩個級別的強者。

然而，與鬼神相性不錯的杜加與札諾巴還留在這裡。

巴迪岡迪是接近戰的類型，就相性來說不差。只是他們兩人聯手面對鬼神依然屈居劣勢。所以雖說能打，但也不知道能發揮多大的意義。只能說我們手上也並非都是爛牌。

如果是這樣的成員，或許有辦法拖住對手一兩天的時間。

可是在這麼短的期間內，我的最後王牌回來的可能性並不高。

而且即使用了最後王牌，也不保證能贏。說不定也只是讓伙伴白白送死。

「走吧。」

即使如此，我依然邁出步伐。

儘管有對策，卻沒有勝算。

我不能保證自己的判斷是正確的。雖然還有時間去布置陷阱，但他們不是靠這種小手段就贏得了的對手。

「……」

每個人都一語不發地跟在我的身後。

第二話「最後王牌」

到鬥神出現為止，整整花了兩天的時間。

這想必要歸功於阿托菲等人設法拖住了他吧。

只是，他們沒有回來。雖然我認為不死魔族不會那麼輕易就死……但肯定是受到了沒辦法再繼續追擊鬥神的傷害。

總而言之，多虧了他們，我們已經做好萬全的準備。

鬥神筆直地過來。既不躲藏，步伐也是不急不徐。

他的身影悠然地出現在我們面前。

基斯坐在他的肩上。

就像是在表示無論我們怎麼做都無法阻止他們。

★★★

第一戰在森林的入口附近展開。

我所站的位置，是蓋在森林入口附近的巨大城牆之上。

高度約為十公尺，長度大約兩公里。

我在這個用來保護森林而造的城牆上方，讓他吃了一頓魔術大餐。

用的是岩砲彈。

我想說至少也要把基斯擊落，不斷地發射。

面對巴迪岡迪，千里眼是不管用的。

理由似乎連奧爾斯帝德也不清楚，但是巴迪岡迪很有可能就是那種神子，再不然就是因為從前有過某種經歷，才會對魔眼獲得了抗性。

距離雖遠，金色卻很顯眼。

再加上我從出生在這個世上後，就不停地使用著岩砲彈。

必然會有幾發命中。

十發裡面會命中一發。

然而，即使從遠處觀察，也知道攻擊沒有對他造成什麼了不起的傷害。

只要成功直擊，就會在黃金鎧甲上打出大洞，但轉眼間就會修復，也沒辦法直接打穿

看起來根本沒辦法阻止他的腳步，鬥神甚至不需要防禦，就這樣走了過來。

想必是因為距離而導致威力衰減。

看來還是得從極近距離直接攻擊才行。

順便說一下，有一發也打中了基斯。

儘管距離太遠看不太清楚，但命中的瞬間，他有從鬥神的肩膀上摔下來，我想確實是打中了。

可是，他後來也若無其事地就站起來了，看來幾乎沒受到傷害。

只不過基斯或許也警戒著攻擊，他沒有重新爬回鬥神的肩上，而是繞到他的背後。

若是能在更近的距離打中，或許能給予基斯當場死亡的傷害，但一想到落雷也無法打倒他，或許應該認為基斯本人也得到了對魔術的抗性。

到頭來，甚至連拖住他們也沒辦法。

在鬥神相當接近時，我便用火魔術燒燬了城牆外側，退後到森林。

我不打算讓他太過接近。

「不過，目前為止還在計算之中。」

我確認城牆遭到破壞時，不禁如此低喃。

嗯。我早就明白會這樣了。光靠這樣的攻擊不可能收拾得了他們。

在鬥神進入森林後，我就發出了足以覆蓋整座森林的廣範圍濃霧。

還同時施展了相同規模的泥沼。

偵查與擾亂的工作，就交給瑞傑路德所率領的斯佩路德族戰士們。

雖說魔眼沒有效果，但瑞傑路德與族人用眼睛及感覺，能確實掌握鬥神的位置。

這個效果很好。

根據報告，在斯佩路德族的游擊戰以及濃霧的影響之下，鬥神似乎迷失了方向，在濃霧之中打轉了好幾個小時。

真希望他能就這樣迷路下去，一路繞回森林的出口。

我在如此祈禱的同時，持續擴大濃霧與泥沼的範圍。

然而，在某個時間點，我收到了瑞傑路德的報告。

「鬥神鎖定前進方向了。」

鬥神的腳步正筆直地朝著地龍谷前進。

恐怕是基斯的傑作吧。

如果只有巴迪岡迪一人還好，但基斯感覺就是知道在充滿濃霧的森林中前進的方法。

儘管我很懷疑他就算知道，實際上真能走得出去嗎？但考慮到他可能使用了某種魔道具或是魔力付加品，這樣也很正常。

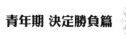

想必他們是在這陣濃霧與泥沼之中，運用傳統的手段花時間來確定位置以及方向的吧。基斯的話應該能辦得到這點。

濃霧與泥沼，加上斯佩路德族的游擊戰。

透過這些手段而拖延到的時間，大概僅僅三個小時吧。

死者有三人。

都是過於靠近鬥神而被他所殺的斯佩路德族戰士。

然而，他們的死還是有意義的。

多虧他們絆住鬥神的腳步，太陽已經下山了。

與此同時，鬥神停下了動作。雖說他並不是透過太陽能發電，但似乎不打算在夜間行動。

不過，我可不會停手。

我沒有減緩濃霧與泥沼的使用頻率，也沒有停止打游擊戰。

我用爆裂岩砲彈（Burst Cannon）進行遠距離攻擊。

我並不期待對他造成傷害。

這只是不讓他睡、不讓他休息的手段。

對巴迪岡迪雖然效果薄弱，但對基斯應該管用。

我抱著這樣的想法，結束了第一天。

★
★
★

第二天，做著與第一天後半相同的事情，活用一整天的時間，將鬥神引到了地龍谷附近。

第三天清晨。

我在山谷對面的懸崖邊蓋了座城牆，從這裡緊盯著陰暗的森林。

在旁邊，瑞傑路德與我同樣聚精會神地凝視著該處。

地龍谷的地形非常適合防禦。

這裡有著深達一公里以上的谷底。

起初越過時沒有注意到，但是斯佩路德族村落這一側的懸崖比對面略高。

基本上，所謂的戰爭就是占據高處的那方有利。畢竟從高處的視野更加遼闊，再加上重力的影響，往上爬會比往下走消耗更多運動能量。

基於這層考量，我才會選擇在斯佩路德族村落這一側的懸崖邊用土魔術蓋了城牆。

高度將近二十公尺，長度比設在森林入口的要來得短，但山谷狹窄的地方就只有這裡，所以沒有任何問題。

架著橋的地方原本開了一個洞充當入口，不過在毀掉石橋的當下就已經埋起來了。

這樣一來，就不會再發生像鬼神當時那樣用衝勁飛越山谷，突然就展開接近戰……應該。

我並沒有小看鬥神的能力，但這座城牆的高度與強度已經是我在短時間內能造做好的最大極限。

要是他這樣都能跳過來，也只能放棄了。

假如他沒辦法跳過來，而是直接攀爬城牆，我就能直接從正上方賞他岩砲彈。

儘管對方可以將魔術無效化，也不至於能將地形變化一起無效。這點已經透過剛才的戰鬥得知了。

另外，多虧在第一戰經過確認，現在也知道岩砲彈的效果十足。

只要在鬥神攀爬城牆的狀態下，用岩砲彈打中基斯，手無縛雞之力的基斯就會被我擊落谷底。

就算沒能成功，只要從正上方製造出大量的水，說不定也能讓他直接滑落下去。

基斯雖然是能幹的男人，但在正面硬碰硬的戰鬥中派不上任何用場。

然而，感覺容易中計的巴迪，以及擅長計策的基斯。

可以說是最合拍的組合。

其實，將他們誘導至山谷橫幅狹窄的地方也有風險。

但總比他們在我不知道的地方擅自穿越山谷，導致我方側面遭到攻擊好多了。

在山谷上面，有我、克里夫、瑞傑路德以及斯佩路德族的戰士。

其餘的斯佩路德族，則是被我以等距離的間隔安排在沒有城牆的位置。

這樣一來，萬一他們從城牆以外的地方飛越過來，我們也能立刻察覺。

在城牆的正後方，則是有艾莉絲等人在待命。

若是他們突破這裡，就得打總力戰了。

我們已經成功拖延了時間。

本來的話直線前進只要花一天的行程，被我拖到了三天。

足足爭取到了兩天的時間。

可是，洛琪希依然還沒有聯絡。搞不好我爭取到的這段時間只是白費工夫。

但即使如此，我也不打算改變爭取時間的原則。

因為在港口的那場戰鬥讓我明白，正面對決肯定沒有勝算。

所以我想賭在最後王牌。

「……」

日出了。

不知道他們會在什麼時間點發動襲擊。

雖然有斯佩路德族與我一起監視著森林，但敵方野營的場所位在斯佩路德族的探測範圍之外。

絕不能鬆懈。

當我這麼想時，瑞傑路德大喊一聲。

「[illegible]」

我竭盡全力地凝視著昏暗的森林之中。

看見了。

雖然只有豆子般的大小，但有人站在森林裡面。

可是那並不是金色，而是穿著白色長袍的某人。我對那套長袍的感覺似曾相識。

是基斯。雖然也有可能是別人，但看起來是基斯。

「那個是？」

「是基斯。」

凝目望著該處的瑞傑路德，如此斷言。

從這裡到那，在第三只眼的範圍內。

想必有很高的機率是基斯。

他不是站在山谷邊緣，而是躲在森林深處的草叢裡窺視著我們這邊。

雖然因為天色昏暗看不太清楚，但那人看起來確實是基斯。

而且在他的附近，沒看到金色。

基斯，是一個人。

「咦？」

一個人。

他是一個人來偵查的嗎？

基斯明明知道我會使用什麼樣的魔術，也知道我有千里眼，當然也明白斯佩路德族就在這裡，卻一個人來？

莫非他有自信？還是說，巴迪岡迪就在不遠處待命？

不對，山谷頂多一百公尺，如果他待在能夠立刻就支援的距離，瑞傑路德應該看得見。

在這種狀況下，我的攻擊應該可以解決他吧？

「！」

突然的想法，使得我的心臟開始狂跳。

這個距離，岩砲彈射得到。

基斯雖然在觀察著這邊，但感覺並沒有看見我。

打得中。

一百公尺。

即使加上高度落差，應該也不到一百二十公尺。

仔細瞄準的話，是絕對打得到的距離。

「……」

要動手嗎？

不，如果是別人的話該怎麼辦？會不會只是身穿白色長袍，在森林裡面迷路的冒險者？

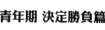

不對

昨天森林裡面因為濃霧與泥沼的影響而變得一團糟。不可能會有冒險者來到這裡。

就算昨天就已經來到了山谷附近，應該也會被斯佩路德族的雷達掃到才對。

現在可以解決基斯。

怎麼辦？

這肯定是陷阱。不過，是什麼樣的陷阱？

我現在能攻擊到他。對方有什麼手段應付？難道說他有某種方法，可以在我發動攻擊後形成有利的局面嗎？

比方說，我們看到在那裡的，是看起來像基斯的其他人。

有沒有可能是我的伙伴或是家人？

不，不可能。辦不到。他們到昨天為止還是兩個人。

不可能突然就把人帶過來。

那麼，這應該是個機會吧？

我目前為止都是以拖延時間為主，從來沒有積極地發動攻擊。

從港口到這裡，對方很輕鬆地就殺了過來。也有可能是和樂天派的巴迪岡迪一起旅行，陶醉在輕鬆勝利的氣氛當中。所以他一時大意，不小心就露臉了嗎？

要攻擊非常簡單，也沒有什麼風險。

應該沒有不攻擊的理由吧？

基斯也有可能是透過了某種方法，讓我不希望他死的人站在那裡。

可是就戰略的角度來說，這麼做有意義嗎？

我現在不攻擊有意義嗎？

……腦袋好混亂。

我感覺這很像陷阱，至少我絲毫想不到攻擊會有什麼壞處。

「……」

好。

就攻擊吧。雖然說不定是陷阱，但只是射出魔術的話，並沒有壞處。

萬一被應對了，也沒什麼關係。

「……我要攻擊他。」

「了解。」

我在右手集中魔力。

比起威力與速度，更重視準確度。儘管對方一樣沒出現在千里眼之中，但是我用千里眼觀測著周圍景象，同時開關預知眼的魔力，藉此預測命中的位置。

為了預防沒中，我決定使用爆裂岩砲彈。

要射擊的前一刻，我稍微猶豫了一下。

然而在瞬間的遲疑之後，岩砲彈便從我的指尖解放，畫出幾乎可說是一直線的軌道衝向山谷的另一側。

沒有聲音。

山谷對面的人影在中彈的同時，就如同斷了線的人偶那般應聲倒地。

然後便一動也不動了。

打中了。

我確實有命中的感覺。

「……」

就像什麼事都沒發生那般，唯獨時間不斷流逝。

倒下的人影動也不動。

在晨曦餘暉當中，沉靜的森林只聽得見樹葉沙沙作響的聲音。

十分鐘、二十分鐘。不清楚正確的時間，只是任由它淡淡地流過。

此時，在我的心裡萌生了一股衝動。

（想去確認。）

我想確認自己剛才擊中之後倒在那裡的究竟是什麼。

是基斯嗎？或者是其他存在？

死了嗎？還是沒有死？就跳過去一下，確認之後立刻回來。只是這樣應該不要緊吧？我的腦中油然浮現這樣的想法。

然而，我同時也領悟到了。

這是陷阱。

基斯的作戰並不是讓我攻擊，而是讓我湧出現在這種感覺。

哪怕倒在那裡的是基斯本人，處於瀕死狀態，再給他致命一擊就會贏的狀況也好。

哪怕倒在那裡的是不知何時被捉住的希露菲，以某種方法騙過了瑞傑路德的眼睛，處於現在不立刻救她就會喪命的狀況也好。

只要我一去看，鬥神就會現身，隨後我就會死在他手下。

我不能過去看。

「……」

過了一個小時。

真教人坐立難安。我該不會犯下了某種無可挽回的失誤吧？剛才我果然還是不應該攻擊的嗎？難道他的目的就是讓我出手攻擊，好把我牽制在這裡？

他們會不會正從其他地方準備越過山谷？

不對，再怎麼說其他斯佩路德族的戰士也在山谷的各處進負責看守。

就相信他們吧。

就這樣過了兩個小時

其實我應該還是確認一下比較好吧？確認之後，才能預測基斯接下來的動作吧？我會不會只是在找各種理由，來逃避確認的這個動作？

過了三個小時。

沒有任何動靜。我腦海中浮現了各種狀況，隨後一一消失。都差不多想到累了。如果讓我像這樣疲累就是基斯的作戰，那他可算是成功了。

過了四個小時，我總算肯定了。

那是屍體。

既然四個小時動都沒動，那無疑是屍體沒錯。

但是，會是誰的屍體？基斯死了之後，巴迪岡迪有可能會沒有任何動作嗎？

這種時候要是有洛琪希在，或許會給出什麼建設性的意見。

我問了克里夫，但他也只是面露難色地搖了搖頭。

過了六個小時。

我簡單地吃了午餐，繼續監視著屍體。

依然動也不動。

過了八個小時。

差不多要過中午了。太陽正在逐漸西沉。或許是一直保持著警戒，疲勞不斷在累積。

假如到太陽完全下山為止依然沒有任何狀況的話，就去看看吧。

經過了十個小時，這時瑞傑路德喃喃說了一句。

「魯迪烏斯，他來了。」

我猛然望向森林的方向。

閃耀著金色光輝的鎧甲正從森林裡面出來。

當金色的鎧甲一靠近，屍體便若無其事地站了起來。

接著，他們好像面對面交談了一陣子，隨後便轉向這邊。

我看到他正在聳肩。

那個動作，肯定沒錯，他是基斯。

他們立刻走回了森林深處。

不久，沉默又再次來臨。

那是基斯。基斯把自己當作誘餌，打算引誘我上鉤。

真是有驚無險。

不管怎麼樣，再過不久又要天黑了。

把監視的工作交給斯佩路德族後，我也稍微睡一下吧。精神上太疲勞了。

雖說他們也有可能在日落的同時殺過來，不過稍微假寐一下也好。

「我稍微休息一下。」

我如此心想，鑽進了毛毯。

就這樣，第三天結束了。

★★★

第三天晚上。

看樣子，對方面對我們的這道城牆，也不知道該如何進攻。

我想他們是單純沒辦法跳過這道城牆。

既然不能一口氣跳過城牆，就沒辦法保護基斯，我這個猜測好像也應驗了。

這一點，是因為從山谷對面飛過來的砲彈而得知的。

起初是巨大的岩石。

那些東西以令人毛骨悚然的速度命中牆壁，破壞了部分牆體。

隨後，圓木頭與岩石之類的東西陸續以驚人的速度飛來，不過聽到巨響而驚醒的我立刻展開迎擊、全數破壞，沒有造成太大的損害。

如果不先處理城牆，就沒辦法突破這裡。

想必他們是基於這個想法才採取這種行動的吧。

不過，就鬥神目前的戰鬥風格來看，如果是一個人的話，就算來硬的也能直接突破。

問題果然在於基斯。

只要放下基斯直接跳躍過來，就能突破。

可是，萬一後方有人追擊，基斯的小命就不保了。

當然，我們沒有來自森林外面的援軍……不對，如果是阿托菲，就有可能在復活之後追到這邊。

他們或許是在擔心這樣的狀況。

即使沒有阿托菲，只要在森林那邊安排一名斯佩路德族的戰士就足夠了。

……不過，他們或許在昨天已經發現我沒有這麼做。

畢竟根本不需要我過去，只要派一個發現的人去就行了。

……鬥神也差不多快到忍耐的極限了，隨時都有可能一個人跳過來。
然而……我的最後王牌依然還沒來。

★　★　★

第四天。
鬥神隨著日出一同殺過來了。
如我所料，就他一個人。他像鬼神那樣在助跑後起跳。接著攀在城牆稍微偏下方的位置。
如我所料。
沒錯，如我所料。
鬥神的背上沒有基斯的身影。
我確認到這一幕的瞬間，便朝著山谷對面擊發了魔術。
這是大範圍的「閃光炎（Flash Over）」。
森林在轉眼間便被火焰吞噬。
我不知道效果如何。也沒時間去確認。因為，即使眼角餘光映著猶如火燒山那般燃燒著的森林，我依然必須集中精神注意眼前的敵人。
鬥神運用著那六隻手臂，像是蜘蛛那樣一瞬間在城牆往上爬。

薪。

儘管我與克里夫為了將他擊落，從上方射下了岩砲彈以及大量的水彈，但也只是杯水車

鬥神以壓倒性的速度沿著牆面爬了上來。

「克里夫！不行了，我們後退！瑞傑路德先生！拜託你了！」

「知道了！」

瑞傑路德抱住我與克里夫，從城牆一躍而下。

當然，我沒有等到鬥神爬過城牆。

在降落的瞬間，我就用魔術轟倒了城牆。

把巨大的城牆，朝著山谷轟倒。

——結果是徒勞無功。

緩緩倒下的城牆，就像是被裝上炸藥那般，炸裂四散。

巨大的岩石在半空中飛舞，金色鎧甲混在裡面縱身一躍。

岩石頓時傾注而下。

我以魔術處理那些岩石，同時也沒有把視線從鬥神身上移開。

就在我的旁邊，距離不到五公尺的地點，鬥神降落。

「呼嗯。」

接著，他緩緩地轉向這邊。

「那麼，重新來過。」

他把上層雙臂環胸，中層指向我，下層扠在腰間。

巴迪岡迪直視著我。

「吾名鬥神巴迪岡迪！乃是人神的盟友，也是鬥神之名的繼承者！魯迪烏斯・格雷拉特。吾要向你提出決鬥！」

「我想先問一件事！」

我不假思索地大喊。

儘管我在腦海閃過會被一句廢話少說打發掉的可能性，但我依舊大喊。

「巴迪陛下！你為什麼要站在人神那邊！剛才說的盟友又是什麼意思！你從前不是被人神欺騙嗎！」

「祂確實騙了我！吾為了拯救差點被拉普拉斯所殺的奇希莉卡，在祂的誘騙下穿上了這副鎧甲，殺死了拉普拉斯，卻也殺了奇希莉卡！」

「那你為什麼還……！」

「因為人神為了當時的事情低頭道歉了！而且還懇求吾務必要協助祂！既然如此，吾也沒辦法拒絕！」

人神道歉了？

不會吧？我不認為那傢伙會道歉。就算他真的道歉好了，肯定也是嘻皮笑臉地說「啊哈哈，當時真是不好意思啊」那種毫無誠意的道歉吧。

「你又會被他騙的！」

「無妨！即使被騙，只要祂每次都願意道歉，吾就會一次又一次地原諒祂！吾為不死之身！奇希莉卡也復活了！如果祂還願意為此道歉，彼此自然已無芥蒂！除此之外，吾還有什麼好奢求的！」

也太寬宏大量了。

感覺他講得非常有美德。

當然，我也覺得如果只是扯點小謊，要原諒他也無所謂。

可是，我不能把自己的親人死去這種事情視為簡單的小事。

我並非不死魔族，所以彼此的常識不同。更何況奇希莉卡不是會復活嗎？

「你會不會考慮投靠我們這邊呢？」

「多說無益！原本吾就不是站在龍神那邊。但是，如果你贏了這場戰鬥，吾倒是可以考慮考慮！」

與他戰鬥，滿足他的欲求。

這方面倒是很像阿托菲。

仔細想想，與這個魔王陛下最初相遇的時候，也是在決鬥。我也搞不懂當時到底算贏還是輸。不過，起碼最後的結果是讓巴迪岡迪也敬我三分。

也是因為這樣，他後來才會對我很好吧。

對於魔王而言，戰鬥肯定就是這麼一回事吧。

「……我明白了。我就接受這場決鬥吧。」

然而，在剛才的宣言當中。

巴迪岡迪忘記說「一對一」這句話。

「由在場的所有人來當你的對手。」

艾莉絲、艾莉娜麗潔、札諾巴以及杜加紛紛從我背後的草叢現身。

同時，在山谷別處監視著的斯佩路德族也陸續地集結到現場。

總力戰要開始了。

★ ★ ★

在前衛當坦的，是杜加與札諾巴。

擔任前衛輸出的，是艾莉絲與瑞傑路德。

中衛輔助的，是艾莉娜麗潔與斯佩路德族的戰士團。

後衛輸出是我，後衛補師是克里夫。

陣形中規中矩。

戰法也是採正統風格。

基本上是由杜加與札諾巴接下攻擊，艾莉絲與瑞傑路德負責攻擊。

戰鬥力較差的艾莉娜麗潔與斯佩路德族的戰士團則是不時繞到後方，擾亂鬥神。

除了札諾巴與杜加以外的人，就算挨上一擊也有可能當場斃命。

更誇張的是，只要直接被打中一擊，甚至連那兩個人也有可能被秒殺。不過只要我們互相掩護，就能避開直擊。雖說避開直擊也有可能骨折之類，但這些傷勢全都會由我與克里夫來治好。

克里夫專心治療。

而我則是一邊治療一邊看狀況擊發岩砲彈，對鬥神造成傷害，或是讓他的攻擊偏掉。

我的預知眼看不到巴迪岡迪。

即使如此，只要關掉千里眼的魔力，用預知眼確認周圍己方的動作，我依然能做出預測。

這還是第一次這麼做。

沒有練習，也沒經過訓練。

可是，不知為何做得到。

在閉上單眼的同時戰鬥的這種感覺當中，不只是敵人的動作，就連我方的動作也是一清二楚。

甚至讓我覺得自己的動作比平常更加靈活。

難道是因為我以支援己方為主嗎？還是巴迪岡迪的動作太過耿直了呢？

至少在我看來，巴迪岡迪並沒有亞歷山大那樣的技術。

亞歷山大即使被艾莉絲、瑞傑路德以及香杜爾三人圍攻，依舊能幾乎毫無傷地戰鬥到底。

然而，巴迪岡迪卻不同。儘管人數差距也有關係，但他幾乎是用身體吃下所有的攻擊。

我的狀態很好。

可以清楚看見敵人的動作，也能做出預測。

但是，腦海中依然無法浮現勝利的畫面。

巴迪岡迪吃下了所有攻擊。乍看之下，優勢在我們這邊；乍看之下，我們很順利地在對他造成傷害。

但是，也不過就是這樣。

即使遭到艾莉絲砍斷，被瑞傑路德貫穿，損傷都會立刻修復。

黃金鎧甲猶如生物那般蠕動，瞬間把傷口堵住。

在那副鎧甲裡面，恐怕也正在進行恢復。

其實他根本沒受到傷害。

而且也不會感到疲勞。

他並不像亞歷山大那樣乍看之下贏得很輕鬆，實際上卻累積了疲勞。

只要戰鬥時間愈拉愈長，對我方就愈不利。

毫無勝算。

但是，可以撐下去。

只要維持這個陣形，沒有人突然倒下的話，就能繼續纏鬥。

比起直接與他互毆，我們這樣至少還能撐上幾個小時。

儘管不清楚纏鬥到最後的結果如何，但我們還是繼續苦撐。

結果還是太勉強了。

如我所料，最先崩盤的是斯佩路德族的戰士團。

他們絕對不弱，但與瑞傑路德相較之下還是差了好幾個級別。

因為他們在這幾百年來從未經歷過像樣的戰鬥。

或者說，其中也有戰士在拉普拉斯戰役那時都還沒出生。

自出生以後，就只是一味地在狩獵透明狼的戰士，不可能跟得上這場與鬥神的戰鬥。

於是，他們一個又一個，前仆後繼地陷入無法再戰的狀態。

有的明顯當場死亡，有的雖然重傷但還能戰鬥，有的無從判別。

起初有十名以上的戰士團，已經減少到只剩三人。

下一個脫隊的，是艾莉娜麗潔。

她當然也絕對不弱。

以技術而言，她在冒險者當中也算是名列前茅。

她的實力足以在S級迷宮擔任前衛。運用盾牌的防禦技術也是出類拔萃。

然而，那終究是以冒險者來說。

她的特技是靈活地利用盾牌架開攻擊，同時不斷地給敵人累積小傷害進行仇恨值管理。

可是她慣用的盾牌早已沒了。

儘管她正用著我以土魔術製作的備用盾牌，但鬥神巴迪岡迪的攻擊可以輕鬆地突破她運用技術使出的格擋。

艾莉娜麗潔飛在空中，直接撞上大樹失去了意識。

之後陣形便一口氣瓦解。

艾莉娜麗潔被打倒後，克里夫頓時感到動搖。

就因為這一瞬間的破綻，被捲入了鬥神的突進之中。

克里夫就像是被卡車撞到那般飛了出去，消失在樹叢之中。

儘管無從判斷他是即死還是重傷，但沒有再回來了。

毫無疑問是失去了意識。

克里夫昏迷後，原本一直受到他治癒魔術支援的札諾巴與杜加便開始撐不住了。

原本透過我岩砲彈的輔助，加上艾莉娜麗潔的支援，他們在幾次攻擊中只會挨到一擊，但現在幾乎會吃下所有的攻擊。

儘管在我治癒魔術的輔助下，他們還是勉強堅持了一會兒，但也只是一會兒。

他們每挨一擊就會被打飛，僅憑我一個人追上去幫忙施加治癒魔術，還是有極限的。

如果我還穿著魔導鎧「二式改」，說不定還有希望。

我的身體無法纏繞那所謂的鬥氣，無論再怎麼用風魔術加速，身體依然遲鈍，終究會晚了一步。

最後，治癒魔術慢慢趕不上時機，兩個人同時遭到揍飛。

而且鬥神還趁著這時間點盯上了艾莉絲，瑞傑路德為了保護她，也陷入無法戰鬥的狀態。

我慌張地治癒杜加，隨後立刻衝向札諾巴，但為時已晚。

戰線已經確實瓦解，杜加再次遭到轟飛，我在治療札諾巴時，看到艾莉絲遭到鬥神的拳頭直擊的瞬間。

她口吐鮮血，不斷地在地上翻滾。

那是致命傷。要是不立刻治療會來不及，我的腦中如此吶喊。

然而，太遲了。

鬥神衝到了我與札諾巴面前。

「唔喔喔喔喔喔喔！」

札諾巴大吼。

擋住了鬥神右上邊的拳頭，也擋住了左上邊的拳頭。
被右下邊的拳頭揍了肚子，身體頓時往前屈。
隨後是太陽穴硬吃了左中間的拳頭，整個人往旁邊飛了出去。
接著，鬥神逼近了我。
當我驚覺不妙時，一切已經太遲了。
我用右手釋放出衝擊波，打算利用反作用力退到後方時，已經被揍了。
右中間的拳頭。
我情急之下想用手去擋，但沒有用。
承受了一股彷彿上半身會被撕碎的衝擊之後，我直接飛了出去。
沒有因此而失去意識，也不知道算是幸還是不幸。
感覺從肩膀到肋骨的骨頭都碎了。
說不定就連脊椎也斷了，下半身沒有知覺。
動彈不得。
或許是這股衝擊過於巨大，導致大腦關閉了痛覺，我絲毫沒有任何感覺。
「……吁……吁……」
我迅速對自己施以治癒魔術，重新站起身子。
隨後映照在我眼裡的，是猶如地獄般的景象。

沒有任何人站著。

在我倒下的那段時間，鬥神就將殘存的斯佩路德族戰士一掃而空。

全滅。

我誤判了撤退的時機。

現在甚至也沒辦法撤退了。

仔細想想，在艾莉娜麗潔被幹掉的當下，就應該立刻撤退的。

我應該要判斷出沒辦法繼續纏鬥下去，撤回斯佩路德族的村子。

然後，把剩下的事情交給奧爾斯帝德處理。

就算後悔也來不及了。

隨後，鬥神擋在最後還站著的我面前。

「……最後有什麼遺言嗎？」

「老實說，我很想求饒。」

「聽聽倒是無妨，但吾不會同意的。人神想要的是你的命。」

我想要設法找到機會，最起碼要治療艾莉絲。

我用朦朧的腦袋如此思考，但他似乎不會給我那種空檔。

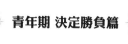

有沒有……有沒有什麼方法？

可以爭取到時間，吸引巴迪岡迪的注意力，只要五分鐘，不，三分鐘就好，讓我可以趕到艾莉絲身邊。

就算是克里夫醒來，治癒了其他人的傷勢也好。

怎樣都好，有沒有，什麼方法可行？

「那麼我這條命就算了。相對的……你可以饒我家人一命嗎？」

「哦，家人啊。」

「陛下或許不知道，但我已經生了孩子。有四個很活潑的孩子。」

「孩子啊，確實不錯。吾也希望總有一天與奇希莉卡生個孩子。」

巴迪岡迪點頭了。

「好吧。但是，若是他們對吾刀劍相向，吾也不會寬待。」

「那是當然的。」

人神在我死後，勢必會把矛頭轉向我的孩子。

但是，巴迪岡迪不會出手幫他。就算只是達成這樣的約定，也算不壞吧。

雖然這或許沒有任何意義就是了……

這是我最後的工作。

「呼哈哈哈哈，哈——哈哈哈哈哈哈哈！」

巴迪岡迪放聲大笑，舉起拳頭。

「那麼，永別了。」

聽到這句話，我把雙手伸向前方。

至少，我得在最後賞他一發使出渾身解數的岩砲彈——

「趴下！」

聽到這聲吶喊，我瞬間像狗一樣趴到地上。

接著有某個物體以比這樣的我更貼近地面的姿勢，穿過視線的角落。

那個物體鑽過了鬥神的胯下，停在另一邊。

有著淺黑色的肌膚、獸耳、好似貓的尾巴，是匹黑狼。

鬥神的膝蓋部位遭到切開，雖然有一瞬間失去了平衡，但也不過是一瞬間。

鎧甲在轉眼間修復傷勢，隨後鬥神便像什麼事都沒發生那般揮下了拳頭。

此時，有條長裙跨過我在空中飛揚。

「唔喔！」

揮下拳頭的鬥神從視線中消失了。

感覺在我不遠的後方，有某個巨大的東西從半空中飛了出去。

過了一會兒，便聽到某種東西轟隆落地的聲響。

到底發生了什麼事？

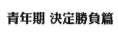

我所看到的，就只有長褲的內側，以及路過我身上而映入眼簾的淡藍色內褲。

至於這個內褲的主人，我好像和她見過好幾次，又好像沒有。

不過，另一人我是知道的。

我對她有印象。

怎麼可能會忘記。

那個動作，那個砂色的頭髮，茶褐色的肌膚。晃動的尾巴與獸耳。

「基列奴！」

那麼，這個黑髮女子是伊佐露緹嗎？

水帝伊佐露緹！

基列奴、伊佐露緹。和這兩個人一起行動的是！

「希露菲！」

希露菲猶如老鼠那般靈敏地行動，於戰場上穿梭。

她靠近倒地不起的人，只把手放上去。然而僅僅只是這樣，就治好了倒下的人的傷勢。她在轉眼間就治好了杜加與札諾巴。

無詠唱治癒魔術。

以前從未想過這招的優越性，而且也沒這種機會，但現在這樣看了後就一目了然。快得驚人。比我與克里夫兩人加起來還要更快。

仔細一看，艾莉絲和瑞傑路德也正從樹叢後面回到這裡。
不知不覺間，戰線又重新建立起來了。
以伊佐露緹作為主要的盾牌，杜加與札諾巴作為次要的盾牌。
艾莉絲、基列奴以及瑞傑路德負責主攻。
而且，現在又加上了無詠唱治癒魔術的希露菲作為補師。
戰線重新建立起來了。

地獄結束了。

「魯迪！這裡由我們擋住，你快回村子！洛琪希在等你！」
「！知道了！」
我收到這句話，便立刻往斯佩路德族的村子跑去。
我使盡全速狂奔。在目前為止的人生當中，這是最努力奔跑的一次。
希露菲來了。
明明山谷上的橋已經塌了，她還是來了。
意思就是，她是從村子那邊過來的。
那麼，這也代表我須先做好的準備總算送到了。

我跨越樹根、穿過樹林，抵達了斯佩路德族的村子。

那東西映入眼簾的瞬間，我不禁一陣狂喜。

看到了。

一衝進村子，我就看到擺放在深處的東西。

我事先在村子深處畫了一道轉移魔法陣。

我引頸期盼的東西，就躺在那上面。

我就這樣繼續跑著。

使盡全力地往前衝。

「哥哥！」

「Grand Master！」

「啊，哥……」

途中，雖然看到了諾倫、茱麗以及愛夏，但我無視了她們。

我只是一心一意地往前跑，終於抵達了那裡。

在被破壞的轉移魔法陣附近，一名少女正筋疲力盡地坐在地上。

「洛琪希！」

「…………啊，魯迪。」

眼睛底下有濃濃的黑眼圈。

是因為魔力耗盡，還是連日熬夜的緣故呢？

「對不起。我搞錯了步驟。挖出來搬到上面後，我才開始畫轉移魔法陣。要是先畫好轉移魔法陣，再讓魯迪挖出來的話，就不會這麼慢了……」

「沒關係！不要緊的！因為妳們趕上了！」

在她身後的東西。

那是一套巨大的鎧甲。

高三公尺。

配色是深藍色。右手是加特林機槍，左手是散彈槍。

而且，在拳頭前端配備著擁有無視防禦效果的魔劍。外型矮胖，猶如相撲力士的鎧甲就臥在眼前。

外觀上與一式幾乎是大同小異。

然而，這並非一式。

而是我事先預想到這種狀況而準備好的，貨真價實的最後王牌。

將消耗魔力調整為數倍，從而大幅提高機動力以及裝甲的短期決戰兵器。

由於設計理念與「三式」截然相反，所以我將其命名為——

「你的魔導鎧『零式』」

壓箱寶。

最後王牌。

要是連這個都贏不了……不，問題不在於贏不贏得了。我早就知道勝算不大。

「洛琪希！我走了！」

「魯迪！祝你大獲全勝！」

我搭上了「零式」。

一邊感覺到大量魔力被吸走的暈眩感，同時挺起身子。

此時，我在村子中心看到了奧爾斯帝德的身影。

他手上拿著一把巨劍。

「魯迪烏斯！用這個！」

奧爾斯帝德隨手一扔，將那把巨劍丟給我。

我反射性地接下那把劍。

搭配這套三公尺的鎧甲，那把劍的尺寸大到可說是恰到好處。

即使是劍術外行的我，光是拿在手上也能感受到這把魔劍驚人的力量。

王龍劍卡夏庫特。

「奧爾斯帝德大人！我走了！」

奧爾斯帝德沒有回答。

他只是默默點頭。

我全力運作「零式」，返回戰場。

第三話「轉折點五」

我趕回戰場時，艾莉絲等人正穩定地維持著戰況。

少了我，少了斯佩路德族的戰士，克里夫與艾莉娜麗潔也尚未回歸。

但戰局卻比之前更加穩定。基列奴幾乎是以四肢伏地，穿梭於戰場之中。

鬥神由於身材高大，打點較高，她貼近地面來回跑動，逃出鬥神拳頭的暴風圈，從前面、從側面、從後面，不斷揮出劍擊進行支援。

儘管攻擊力不足，但鬥神打起來卻像是綁手綁腳那般亂揮著手臂。

另外，希露菲的存在也很巨大。

她的無詠唱治癒魔術非常符合目前需要迅速恢復的這個狀況。即使札諾巴與杜加遭到鬥神而最需要提及的便是伊佐露緹。

站在最前線的她化解了鬥神朝她發動的所有攻擊，甚至還順勢做出反擊。

她的動作既流暢又細膩。

鬥神那一擊很可能致人於死的暴力，在她的技術面前就如同孩子般的兒戲。

當然，這樣是無法打倒鬥神的。

無論伊佐露緹用多麼精湛的技巧對鬥神使出反擊，甚至是砍傷他的手腳，依然無法構成損傷。

若是她與鬥神一對一戰鬥，雖然能打得你來我往，但最終依然無法取勝。

因為她到最後還是會因疲勞而敗北。

然而，如果只論在我回來之前幫忙爭取時間這點，她的存在絕對是至關重要。

「久等了！」

「魯迪……！全員後退！」

聽到希露菲的訊號，所有人都拉開了距離。

「哦？」

鬥神並沒有展開追擊。

他甚至對退開的那些人看都不看一眼，而是將目光放在我身上。

大小幾乎沒有不同。

鬥神鎧有兩公尺半。

魔導鎧是三公尺。

差距只有幾十公分，我這邊略為高了一些。

只不過，我在距離約莫十公尺的的位置停下了腳步，所以不用低頭看著他。

「那就是讓龍神承認你的價值，讓吾姊臣服於你的魔導鎧嗎！」

「………之前的一式，你不是已經在港口都市看過了嗎？」

「唔嗯，有這回事？」

「雖然一擊就被打成粉碎了。」

我回想起當時那一擊。

雖說我是因為對防禦過於自信才挨了直擊，但艾莉絲和瑞傑路德被那種拳頭打中，真虧他們還能活著啊。

這也是因為鬥氣的有無而造成防禦力上的差距吧……這樣一想，我就擔心起克里夫了。雖說他沒有直接挨到拳頭，但他身上想必沒有纏繞著鬥氣。

「不過，既然你說『之前的一式』，表示現在這個不一樣吧？」

「這點呢，就請你好好期待了。」

我口中說著，望向周圍。

大家都退到遠處注視著我們。

儘管拉開了相當遠的距離，依然有被波及的可能性。

啊，希露菲正跑向剩下的傷患那邊。

那麼，克里夫的事情也先交給希露菲吧。

「那麼，我們開始吧。」

戰鬥開始。

★　★　★

敲響開戰鐘聲的，是我的岩砲彈。

我在退後的同時擊發岩砲彈，巴迪岡迪則是窮追不捨。

這個戰法是沿用對上奧爾斯帝德的那場戰鬥。

邊後退邊狂射岩砲彈。

老實說，我原本以為光是這樣就很難順利操控，但我將魔力注入王龍劍後，原本應該十分沉重的零式卻動得靈活自如。

這就是所謂的操控重力嗎？

歸功於這把劍的力量，我現在感覺自己什麼都辦得到。

不過，畢竟我是臨陣磨槍。現在除了減輕自身的重量以外還是別嘗試其他東西吧。

「呼哈哈哈哈！比蚊子叮還不痛不癢！」

鬥神將樹木折斷，在大地轟出大洞，同時朝著我逼近而來。

一眼就能看出效果薄弱。

他沒有擋下攻擊，也沒有彈開，即使是在這麼近的距離，攻擊也只是像被吸進去那般打中他的身體，然後從背後一顆顆地掉出來。

想必他沒有任何損傷。

奧爾斯帝德說過這或許會對他管用，但實際上完全沒效。

「你只會四處逃竄嗎！」

當然，我並沒有這個打算。

抵達目標位置後，我便用散彈槍在巴迪岡迪的腳下轟了個大洞。

地面頓時少了一大片，這導致鬥神跨出那一腳踩空了。

僅僅一瞬間，他的姿勢失去平衡。

我在這時貼近他。

「唔！」

接著，我將加特林機槍卸除。

以裝在右手護甲上的劍，順勢揮出。

劍像是切奶油那樣切開鬥神鎧，藏在底下的黑色肌膚頓時現形。

「『散彈槍・射擊』！」

隨後，我再用散彈槍進行追擊。

巴迪岡迪的一條手臂直接遭到轟飛。

「呼哈哈哈！以牙還牙！」

然而，同時我也承受了四發打擊。

衝擊傳遍整個魔導鎧，我頓時向後飛去十公尺。

但是不要緊。

雖說是直擊，但我還撐得住。

「唔！」

我立刻翻身，撿走巴迪岡迪剛才遭到轟飛的手臂。

我把那隻被金色護手包覆，不斷跳動的手臂扔了出去。

「呼哈哈哈哈！沒用的沒用的！」

巴迪岡迪如此說著，同時重新再生了手臂。咻地一聲，就像納〇克星人那樣從身體裡長出來。（註：納美克星人，出自《七龍珠》的比克，手臂斷了也能再生。）

「唔。」

但很顯然的，這並非是徒勞無功。

長出來的手臂是赤裸的肉身。也就是說，並沒有穿著鎧甲。

「哦，原來是這樣啊，你真會想！」

我剛才把手扔過去的地方。

那裡事先準備好了一道魔法陣。

在那裡面，鬥神鎧的手部與巴迪岡迪的手並沒有開始再生，而是保留在原處。

或許是心理作用吧，巴迪岡迪的尺寸看起來也縮小了一些。

我並沒有事先想過。

但是，我得到了提示。

鬥神巴迪岡迪。

現在的他因為鎧甲的加持，兼具驚人的速度與威力。

不過關於速度方面，與目前我所看過的那些劍術高手相比，算不上特別快。

奧爾斯帝德或是亞歷還比他更快。

當然，如果和我比的話鐵定快上許多，但由於我穿著魔導鎧，也並非無法應對。

至今與奧爾斯帝德及艾莉絲對練的經驗就能在此派上用場。

棘手的地方在於他那非常極端的防禦力，以及非常強大的耐久性。

鬥神鎧很硬。硬度或許凌駕於魔導鎧之上。

至少艾莉絲等人竭盡全力的一擊也只能留下小傷，沒辦法將手臂或是脖頸這類部位砍斷。

鎧甲會在瞬間修復，像什麼事都沒發生那般繼續活動。

本來的話，內部應該也會逐漸累積傷害……但是不死之身的魔王巴迪岡迪是不死的。

艾莉絲的斬擊或是瑞傑路德的突刺，原本應該能對鎧甲內部造成傷害，但對巴迪岡迪來說，根本無法造成損傷。

無論是斬擊、刺擊甚至是打擊，他都能立刻恢復。

不久，攻擊的一方反而會感到疲憊，成為那六隻手臂揮舞的破壞力之下的亡魂。

那麼，到底該怎麼打倒他才好？

這個提示就在阿托菲身上。

不死魔王阿托菲。

無論被打倒幾次都會重新站起來，面對敵人的那個身影，儼然成為了魔大陸那群魔王之中的恐怖代名詞。

要戰勝她的方法有兩個。

一種是將四肢砍斷並加以封印，讓她無法復活。

這是最為標準的做法，阿托菲從前曾有兩次因為這個方法而品嚐到敗北的滋味。

若是想封印個幾百年的話，就需要相當出色的結界術，但即使只是用上級的結界魔術將身體圍起來，也能暫時達到防止再生的效果。

另外一種，就是讓她認輸。

不死魔王阿托菲經常會依照自己的規則與人戰鬥，當她意識到自己在這個規則上輸的時候，就會承認敗北。

不過，我不認為現在的巴迪岡迪會這麼輕易認輸。

所以，我這次要採取第一種方法。

為了以防萬一，我事先麻煩克里夫在森林各處準備了封印用的魔法陣。

我要把巴迪岡迪的手腳放進這裡面再啟動結界。

我原本還擔心對鬥神鎧是否有效，但看來是我杞人憂天。

我要以無視防禦的劍砍斷鎧甲，轟斷手臂，再加以封印。

重複這個流程六次後，讓巴迪岡迪認輸。

雖然我很想連身體也一併封印……但目前克里夫不在，沒辦法使用封印本體的魔法陣。

「啊啊啊啊啊啊！」

我大聲吼叫，向前突擊。

如今已經顧不得傷害。

零式在全力運轉下還能再動幾分鐘，連我自己也不曉得。

由於有王龍劍加持，運轉時間說不定能稍微延長一些，但什麼時候停止都有可能。

所以我只能選擇短期決戰。

「來吧！勇者啊！」

我逐漸把手撥開，戲耍以往的鬥神。

同時，我揮出右手。為了對應鬥神打出的拳頭，我以劍使出突刺，瞄準反擊。

六隻手臂展現出超乎我想像的動作，不過我也因為剛才的戰鬥而多少習慣了。

今天的我，反應敏銳。

閃得開。

我在對手左下邊的手砍出一道傷口。

同時將散彈槍鑽進傷口，射擊，將其轟飛。

但無論動作再快，終究會露出瞬間的破綻。

在把手臂轟飛的瞬間，我也挨了一拳，直接彈飛到後方。

「……唔！」

魔導鎧的表面出現了裂痕。

果然還是承受不住鬥神的拳頭嗎？但是，沒有穿著鎧甲的手可以無視。

還有四隻。只要魔導鎧能夠撐到把手全部轟飛就行了。

「！」

此時，我注意到另一件事。

（結界……）

畫在地面的魔法陣因為剛才的一來一往而被削掉了一角。

受到戰鬥餘波的波及。

我甚至有些驚訝，為何自己連這麼簡單的事情都沒注意到。

當然，還有其他完好無損的魔法陣，但不知道有幾個還是能用的。

「……可惡！」

我連忙將轟下來的手扔掉。

扔到了地龍之谷。

如同阿托菲在被打得四分五裂後需要花點時間才能復活，只要把分離的部位丟到有些距離的地方，他就沒辦法立刻恢復。

雖說最後依然會恢復，但這麼做應該還是有意義的。

（……嗯？）

不知為何，這次連鬥神鎧也沒有恢復。

難道鎧甲只要與術者分離，就算不用封印也會失去效力嗎？

以再生能力來說很虛，是因為鬥神鎧長年累月沒有使用，性能稍微下降了嗎？

還是說，這是巴迪岡迪的策略？

不，現在別去思考那種無意義的事。

既然不會再生，那就是好機會，我只要想著砍下所有手臂就行了。

「唔……」

已逐漸發出沙啞，但沒有長出新的手臂。

不僅如此，剛才再生的手臂也像烏龜那樣縮進了鎧甲之中。

「！」

這是怎麼回事？

下一瞬間，剩下的四隻手當中有有兩隻消失了。

手連著護腕一起被吸進了鎧甲之中。

然後，剩下來的兩隻手變得粗壯。

發出嘰嘰聲慢慢變粗。

剩下兩隻。

變得這麼粗壯，我砍得掉嗎……？不，我可以。物體愈硬，這把劍就愈為鋒利。就算鬥神強化手臂來鞏固防守，也沒有意義。

我反射性地如此判斷，隨後蹬向地面，逼近鬥神。

腦海中的某處響著警鐘。

然而，無論對手做了什麼，我也已經亮出了最後王牌。

我的魔力正在一分一秒地趨近為零。

不進攻是贏不了的。

「啊啊啊啊啊啊！」

我發出吶喊。只是拚命大喊。

這樣做就能擠出力量。

就能打消恐懼以及不安，讓臉上稍微增添幾分勇氣。只要有些許勇氣，我的腳步就能踏得更深。

能讓我像艾莉絲那樣，為了贏得勝利而向前突進。

我衝撞鬥神。

儘管被擋下了，但對手也站不穩腳步。

我揮出右手。刺進鬥神的左臂，順勢砍斷。

再伸出左手。把散彈槍抵在剛才砍斷的地方。

大喊。

「『散彈槍・射擊』！」

巴迪岡迪的手連著鬥神鎧一起遭到轟飛。

與此同時，我也飛了出去。是被揍飛的。

巴迪岡迪僅剩的一條手臂。

我是被那隻手揍飛的。

鎧甲的前面徹底粉碎了。衝擊傳達至內部，一股猶如要把我的身體壓扁般的壓力襲來。

我頓時四腳朝天倒在地上。

「嘔咳……咳……」

我的嘴裡流出鮮血。

還沒結束，即使內心如此吶喊，也是徒然。

我的判斷輸了。沒有料到這點。

巴迪岡迪之所以會收起兩條手臂，是為了給予我沉重的一擊。

讓我砍斷手臂，藉此來個玉石俱焚。

拳頭不偏不倚地打中剛才已經產生裂痕的部位，成功粉碎了魔導鎧。

我看到他那粗壯的手臂之後為何沒有想到，我是笨蛋嗎？不，錯了。這樣正好。即使我識破這點，要做的事情依然沒變。像個白痴一樣衝過去砍斷了他一條手。這就是結果。

儘管我也傷得很重……但是，還沒結束。

還沒完。還有一隻手。

「！」

我動彈不得。

魔導鎧的動作很笨重。傷勢也還沒治好。

本體（我）的所在處附近，有著可說是魔導鎧核心的部分。

一旦那裡被打碎了，魔導鎧的動作就會變遲鈍。雖說並不是動彈不得。畢竟作工可沒那麼單純。

可是，現在也只是勉強能動而已。笨重到在這場戰鬥中可說是非常致命。

我焦急地輸入魔力。

沒錯，我的魔力還有剩。

所以我還能動。魔力還沒有耗盡。我還能戰鬥。

可是，為什麼動不了？

「好策略，好氣魄……」

在動彈不得的我面前，巴迪岡迪步步逼近。

「同時也是場精彩的對決。永別了，魯迪烏斯。就連拉普拉斯的戰法都沒有像你如此縝密。」

巴迪岡迪舉起拳頭。

猶如大砲那般的拳頭，頓時揮落——

「嘎啊！」

下一瞬間，有某個紅色物體從我身旁衝了出來，朝那隻手揮出斬擊。

他的手臂被齊肩斬斷，飛舞在半空之中。

「唔！」

在這座森林，紅色的物體有限。

是艾莉絲。

難道說她追過來了？還是一直都跟在我身邊？
她是為了我追過來的嗎？
我不知道。沒有其他援軍出現。
只有艾莉絲一人介入了戰局。
然而在下一瞬間，我感覺到不對勁。
是劍。
艾莉絲的劍斷了。那把赫赫有名的「鳳雅龍劍」整把斷掉了。
也對，至今為止，即使在鬥神表面上留下傷口，也不至於砍斷整隻手。
而剛才她硬是用它砍飛鬥神的整隻手，也難怪會折斷。
「嘎啊啊啊啊啊！」
即使如此，艾莉絲也沒有停手。
就像是沒注意到劍已經斷掉，她發出咆哮與鬥神對峙。
仔細一看，不只是她。
就像是在追著艾莉絲，希露菲、瑞傑路德、基列奴、伊佐露緹，紛紛從森林後方出現。
但是，太遲了。
「竟敢一人擋在吾的面前，愚蠢！」
巴迪岡迪衝向艾莉絲。

沒有人保護她。

想到這點的瞬間，我便啟動逃生系統，脫離了魔導鎧。

接著，我把目光放在魔導鎧的背部。

拿起了收在那裡的一把劍。

握住劍柄的瞬間，一股驚人的全能感便流竄我的體內。

蘊含其中的壓倒性魔力。把人昇華為英雄的一把劍。

我在劍上進一步注入魔力。打算把自己僅存的所有魔力都灌注進去。

我壓根兒不覺得自己有辦法使用這把劍。

但是，在我眼前有個家人的劍斷了。她為了保護我，舉著斷掉的劍，露出獠牙放聲嘶吼。

於是，我對著她扔出了那把灌注魔力的劍。

「艾莉絲！」

魔劍劃出平穩的拋物線飛了過去。

艾莉絲回頭，接住了它。

王龍劍卡夏庫特。

享譽世界最強之名，由魔界工匠尤里安親手鍛造的最頂級魔劍。

艾莉絲握著它，擺出了大上段的架式。

「嘎啊啊啊啊啊啊！」

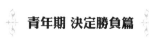

「唔，那是……！」

順勢揮下。

在前一瞬間，鬥神的身體浮了起來。

劍刺進了鬥神的身體。

同時，強烈閃光遮蔽了視線。

劇烈轟響頓時麻痺了鼓膜。

壓倒性的某種現象支配了現場。

破壞在我眼前擴散。

沒有爆炸氣流。

沒有衝擊。

唯一造訪的只有寂靜。

破壞向著內側。灌注在裡面的魔力凝聚成球體，包圍著巴迪岡迪。

這不只有艾莉絲的力量。我剛才灌注到裡頭的一切魔力，也從魔劍中釋放出來了。

然後，在魔力的球體當中，我看到了。

球體緩緩升上空中的同時，破壞著內部。

看著鬥神鎧產生裂痕，頓時四分五裂。看著巴迪岡迪遭到壓縮，無聲無息地化為粉碎，消失殆盡。

我想巴迪岡迪也試圖掙扎過。

但是，他束手無策。

鬥神鎧沒有運作，巴迪岡迪才剛再生就被擠壓摧毀。

……

球體消失了。

殘留在半空中的鎧甲碎片，就這樣落向地龍之谷。

發出喀啦、嘎啦的聲響，一邊撞擊著山崖一邊落下。

與刺在上面的王龍劍一起。

只有鎧甲。

巴迪岡迪的黑色肌肉，已經不留痕跡地消失殆盡。

「……」

我觀望著這一切。

就這樣觀察了一陣子。

觀察著悄然無聲的山谷，以及消失的鬥神鎧。

在附近還殘留著巴迪岡迪的手臂。

不動。一動也不動。

絲毫沒有要再生的感覺。

他死了嗎？我們贏了嗎？

還沒嗎？就快來了嗎？他是不是會立刻發出「呼哈哈哈」的笑聲再次登場？

我如此心想，目不轉睛地俯瞰著谷底。

什麼事都沒發生。沒有要爬上來的氣息。

唯獨寂靜殘留在現場。

此時，咚的一聲從背後傳來。

我回頭望去，發現艾莉絲正跪在地上。

她滿臉鐵青。

「……」

我慌張地衝到她身邊。

是受傷了嗎？難道她遭到反擊了？正當我伸出手想立刻對她用治癒魔術時，我也跪在地上。

「……啊。」

這並不是傷。

我對自己的這種感覺，還有艾莉絲現在的這種表情都有印象。

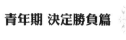

是魔力耗盡。王龍劍卡夏庫特光是吸走我的魔力還不滿足，甚至還耗盡了艾莉絲的魔力。
艾莉絲恐怕是從孩提時期以來久違地耗盡魔力。她眼皮眨啊眨，不知所措地癱坐在地上。
「艾莉絲。」
「魯迪烏斯……你的頭髮又變白了。」
我聽到這句話後摸了摸頭。但自己沒辦法判斷。
但仔細一看，艾莉絲頭上也出現了一縷白髮。
就好像是經過了挑染的色調。
「艾莉絲也是喔。」
「這樣啊……那我們一樣呢。」
艾莉絲如此說完，便往前倒下。
她並非失去意識。而是因為用盡了全身的力氣，渾身脫力。
我雖然也想倒在她身上，但還是勉強撐住了。
「魯迪！」
希露菲一臉擔憂地盯著我們的臉。
不只是希露菲。瑞傑路德、基列奴，還有伊佐露緹……大家都在。
「希露菲，克里夫呢？」
「呃，我治好其他人的傷後，就交給札諾巴與杜加把他們送回村子了。我們後來立刻追上了魯迪，但很怕妨礙到你就一時猶豫……可是艾莉絲她一個人衝了出去……咦？」

希露菲觸碰倒下的艾莉絲，不禁歪了歪頭。

她八成是立刻就為艾莉絲施加了治癒魔術吧。

但艾莉絲並不是受傷，所以沒有起身。

「我想她是耗盡魔力了。因為那把劍會吸收持有者的魔力。」

「……啊，原來是這樣。」

「總之，希露菲，幫我把掉在那裡的手帶到還能運作的魔法陣。然後再帶著艾莉絲回去村子，把整件事的來龍去脈告訴奧爾斯帝德大人，還有，希望妳幫我帶克里夫過來。」

我挺起身子。

零式已經遭到破壞。我本身也消耗了相當多的魔力……但是，我還能動。

不清楚巴迪岡迪復活為止會有多久的時間差。至少，他遭到那股驚人的魔力壓縮，肉體消失的方式與遭到消滅類似。

而且手臂似乎也沒有要再生，我想還會花上一段時間。

我這樣的想法可能太過樂觀，想得太天真了。

但是，連零式都被破壞了。手邊也沒有一式。我的魔力即將耗盡，再加上會用結界魔術的克里夫也不在場，沒辦法對掉落山谷的巴迪岡迪施加封印。

以現狀來說，若是下去谷底發現他已經在那等候多時，肯定很難取勝。

到時候，或許也只能拜託奧爾斯帝德出馬了。
儘管我直到最後都不希望奧爾斯帝德用到魔力，但這也是無可奈何。
都怪我力有未逮。
但是，我也算是將他逼到了絕境。
能做的事都做了。
雖然不清楚在谷底的巴迪岡迪是否還能活動，但應該已經把他的力量抑制在最低限度。
我頓時湧起這樣的心情。
自己的內心如此脆弱，實在教人厭煩。
「瑞傑路德和基列奴，還有伊佐露緹小姐，麻煩你們跟我來。」
「魯迪，你要做什麼？」
能做的事都做了？
不，還沒，還有一件事我非做不可。我必須用這即將耗盡的魔力去做一件事。
「去追基斯。」

★　★　★

找到基斯了。

很快，不費吹灰之力。

無須使用即將耗盡的魔力，真的是輕而易舉就找到了。

一跨越山谷，進入燒得焦黑的森林之中。

在化為焦炭的大樹後面。

基斯就倒在那裡。

他全身被嚴重灼傷，整個人黑漆漆地倒在那裡。

因為我當時發出的「閃光炎」，將他連同森林一起燒燬了。

一開始看到時，我以為他已經死了。畢竟他動也不動，看起來就像是塊漆黑的石頭。

不過發現他的人是瑞傑路德，他用第三只眼確認過了。

那並非屍體。

「……基斯。」

「嗨，前輩。」

雖然不是屍體，但明顯已經奄奄一息。

而且，我也沒有打算幫他治療。

畢竟我就是為此而來。

但是，我也不打算立刻給他最後一擊。

「嘿嘿，水魔術、土魔術、魔眼、魔導鎧……我每一樣都做了對策，最後卻落得這副德性

啊。前輩，原來你也擅長火魔術。畢竟我連一次都沒看過，當然不曉得啦。」

基斯身上穿戴著各式各樣的裝備。

有藍色的背心、褐色的束腹，甚至還有類似鎖子甲的東西。

雖說現在每樣都焦到難以辨識，但恐怕他事前已經預測好各種魔術了吧。

也就是說他在第三都市黑雷魯爾之所以能承受落雷，並不是因為鬥神鎧的能力。

「既然前輩來到這裡……代表最後的計策，也無疾而終了嗎……」

語畢，基斯那燒得焦黑的臉頰頓時扭曲。

最後的計策。將巴迪岡迪一個人送到敵陣，稱得上是計策嗎？

「劍神、北神、鬼神、冥王，只要隨便一個人留下來，狀況就會大不相同……但誰也不願意聽我指揮啊。」

「畢竟裡面沒有人看起來像會聽人說話嘛。」

聽到基斯像是在說夢話那般如此喃喃自語，我這樣回應。

「哈，還真敢說啊。艾莉絲、阿托菲，還有在那裡的是基列奴嗎？前輩那邊也盡是一些不聽別人說話的傢伙嘛。」

「這是……因為我運氣好吧。」

「不，你錯了。那是因為前輩有好好努力。有好好跟他們溝通，確實地取得他們的信任，努力讓他們真正地成為伙伴。所以他們才會在緊要關頭願意聽你說話，聽從你的指揮。」

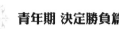

確實，他說得或許沒錯。

不論阿托菲還是鬼神，像這類因為有必要才加入成為伙伴的成員，幾乎都不聽我的指揮。

香杜爾與杜加算是例外，愛麗兒則是例內。

要是沒與所有人建立好信賴關係，應該會有更多人不願聽從我的指揮。

「到頭來，只是硬編一個讓他們戰鬥的理由，湊齊幫手、煽風點火，在背地裡搞小把戲讓他們行動，也是贏不了的啊……」

無論劍神還是北神，都沒聽從基斯的指揮。

他們自始至終都是以自己的目的為優先。

結果，反而讓我活了下來。

「我以為我很明白，但根本什麼都不懂。就算如此，還是以為總會有辦法。不過，最不明白的人，並不是我。」

基斯笑了。

「是人神啊。那傢伙啊，可是直到剛才都在哭天喊地呢。嚷嚷著為什麼？為什麼？都是你的錯，如果你能做得更好的話，這樣。」

基斯嘿嘿一聲，露出了瞧不起人的笑容。

「這不是當然的嗎？對吧？為了那傢伙拚死拚活地做事，到頭來卻遭到陷害嘲笑，怎麼可能會有人真的願意幫忙呢。」

「那麼……基斯，意思是你也沒有盡全力嗎？」

「這個嘛，你是這麼想的嗎？所以你贏得很輕鬆嗎？我自認已經全力以赴了呢。」

基斯頓時咳了一聲。

有種猶如煤炭的黑色物體從他嘴裡流了出來。

「總之，像我還是巴迪岡迪這種爛好人根本就是例外啦。到了這個節骨眼還是肯去幫忙那種，嚷嚷著自己的伙伴根本派不上用場的傢伙的……爛好人。」

黑色的煤炭，簡直就像是基斯的靈魂。

我可以感覺到基斯身上的力量正在流失。

「不過啊，前輩。雖然這樣，我呢，依然是被人神給救的。儘管祂讓我留下了難受的回憶，但從整體來看呢，我還是被祂拯救了。」

「……」

「前輩肯定沒辦法理解吧。對於無所不能，一個人也有辦法在這世上活下去的前輩來說，根本就不能理解，像我這種無論如何掙扎，依然會感到力不從心的，這種傢伙的心情……」

我理解。

我感覺可以理解。沒辦法像正常人一樣辦到普通事情的人，我能理解這種人的心情。

基斯就是我。是從前的我。只是他有跟我不同的地方。從前的我，從未想過要付諸行動。

一旦碰壁了，我就會逃走。只是一昧地逃避。

但是，基斯是真的辦不到。在這個魔物與暴力跋扈的世界，得不到堪稱最為重要的「戰鬥能力」。

即使現在的他除此之外可說是樣樣精通，卻沒有辦法活下去。

「不對，基斯。不是這樣的……」

所以，我也只能說不對。

我沒辦法說自己能夠理解。我不想說。所以只能否定。

「嘿，魯迪烏斯啊。既然要否定，就抬頭挺胸吧。畢竟是你贏了啊。你可是贏了我啊。在這個世上，贏家才是正確的，輸家就是錯的。所以，你應該要抬頭挺胸地說『不對基斯，不是這樣』。然後，該怎麼說呢，你可以為了即將死去的我說教啊。像是你應該要這麼做，不該去投靠什麼人神，應該要站在我這邊才對。」

基斯說到這裡，突然渾身無力。

接著，他以空洞的表情說道：

「我、巴迪岡迪，還有冥王都不在了。今後、已經沒有那種、肯自己、主動去幫助人神的傢伙。」

「已經輸了啦。能對付魯迪烏斯．格雷拉特的傢伙，已經不存在這個世上了。」

「實際上，人神也說過了。要是這次也不行，祂也拿魯迪烏斯沒轍了。」

「所以在你過世之前，人神想必會很安分吧。雖然祂肯定會在背地裡偷偷搞些小把戲就是了。」

此時，我不假思索地插了嘴。

「……那是騙人的吧？」

基斯沒有笑。

「你要是這麼認為，那就這樣想就好啦。畢竟祂會變安分什麼的，充其量也不過是我的猜測。今後你也依然能以打倒人神為目標行動。這對人神來說可能不是好事，但對你來說沒什麼不妥吧。」

我也笑不出來。

「喂喂，別哭喪著一張臉啊。你是保羅的兒子吧？如果是保羅，在這種時候可是會笑得更大聲耶？不對，如果是臨死前的保羅，應該不會笑吧。畢竟一陣子不見，那傢伙也上了年紀嘛……總之，你就抬頭挺胸吧。就算是假的也要好好開心啊。」

「否則，這樣我不就太慘了嗎？我好不容易跑遍整個世界，把劍神、北神還有鬼神都拉攏為同伴，意氣風發地想說要大幹一場，結果依然是一場空的我，豈不是像個笨蛋一樣嗎？」

「當然啦，我並沒有好好控制住自己人。最後也冒著風險，派出了巴迪，卻落得這種下場。可是，你好歹也認同我是個強敵吧。我希望你這麼想啊。」

基斯不知不覺間哭了出來。

他那因為煤炭而焦黑的臉頰，正掛著淚珠。

我看到這一幕，頓時理解到基斯絕對沒有手下留情。

「知道了。基斯，你很強。我現在確實是像這樣站在這裡。可是，如果中間有哪個環節出錯，立場肯定會顛倒過來。這是我至今為止所遇過的，最艱辛也最嚴峻的戰鬥。」

「嘿……嘿嘿，謝啦，魯迪烏斯。」

他的實力是毋庸置疑的。我為了要勝過他，花了一年時間。努力了一年進行準備……不，我是用更長的時間堆積起來的各種成果對抗他的。

他怎麼可能不強。

「基斯。」

此時，基列奴突然站到了前面。

基列奴低頭看著基斯。她的表情被瀏海擋住，看不太清楚。

「嗨，基列奴。好久不見啦。」

「嗯。」

「我先走一步啦。」

「嗯，替我向保羅問好。」

「沒問題……若是妳也來了，到時再一塊喝酒吧。我還想再看到，喝醉酒的保羅把臉塞進妳的胸部，塞妮絲生悶氣的畫面啊……」

「塞妮絲暫時還不會走。想必是我先過去吧。」

「嘿，我知道啦……總之，到時大家、又能、一起了……」

這時，基斯不動了。

突然間，基斯的某種東西隕落。

明明是在對話的途中，就這樣唐突地走了。

「……」

基列奴的耳朵抖了一下。

尾巴無力地垂著。

「……死了。」

基斯他，死了。

★　★　★

打倒基斯了。

雖然可以這樣認為，但我的心情果然難以愉快。

我知道自己受到了打擊。

認識的人死在自己眼前，果然還是令人難以釋懷。

他是敵人，我也很清楚非得打倒他不可。

但是，我並不是打從心底憎恨著基斯。

不過，要是在這次的戰鬥敗北，艾莉絲或其他人因此而死，我可能會憎恨他就是。

若真是那樣的話，現在的心境肯定會痛快許多。

打倒了憎恨的傢伙，成功報仇了——這樣。

我也不明白。

但我唯一能說的，就是我之所以能像這樣胡思亂想，也是因為我重要的人在這次的戰鬥中都沒有人喪命。

我達成了勝利條件。

保留了奧爾斯帝德的力量，將使徒全滅了。

儘管有過苦戰，也曾失敗過，但以我來說，罕見地拿下了完全勝利。

或許，我只是想把基斯像那樣死去當成是搞砸了。

說不定，如果我再處理得更好，基斯就會倒戈到我們這邊，在內心的某處可能會有這樣的想法。

但說這種話也無濟於事。

總之，起碼把骨灰帶回去，做個墳墓給他吧。

在保羅的旁邊應該不錯。畢竟他說過想跟保羅在一起。

我一邊焚燒基斯的屍體，同時如此心想。

「……」

基列奴靜靜地在旁看著我們將基斯火化。

結束之後，蒐集完骨灰也是，或許是心理作用，她的耳朵與尾巴看起來沒有精神。

「我們回去吧。」

「嗯。」

我們越過山谷。

不管怎麼樣，這次真的是結束了。

累了。魔力也已所剩無幾。體力上也是精疲力盡。

只要一躺下去，肯定會立刻失去意識吧。只是在封印巴迪岡迪之前，還不能睡就是了……

可是，真想快點回到夏利亞。

首先，我想在床上舒服地睡上一覺。

起床之後，就是吃飯。

就吃白飯吧。對了，這個國家有醬油。我可以吃到完美的雞蛋拌飯。

回去之後就來吃吧。

我要大吃特吃一頓。

之後呢，當然要做色色的事情。禁慾的魯迪烏斯，已經隨著基斯死去了。

和希露菲、和洛琪希、和艾莉絲……要選誰好呢？

乾脆三個人同時如何？艾莉絲雖然會很抗拒，不過，拜託她試個一次應該也無傷大雅吧？

畢竟機會難得。沒錯，機會難得。

這次戰鬥的反省會就放到後面。

基斯所說的話，現在也暫時先拋在腦後吧。

總之，先好好休息。

真是累死了。

「……魯迪烏斯。」

當我拖著疲憊的身軀往前走時，從後面傳來了聲音。

是瑞傑路德。

走在最後面的他，正轉頭望向後方。

他望向後面，山谷的方向。

「怎麼了嗎？」

「有敵人。」

「咦？」

有一隻手，正攀在山谷的邊緣。

手。那是手。有什麼東西正從谷底爬上來。

什麼東西？不對，怎麼可以用「什麼」這種模稜兩可的說法。

那隻手。手的顏色是金色的。是金色的護手。

「不會吧……」

巴迪岡迪。這也太快了。

不過也對。仔細想想，我砍斷了幾隻手後，身體也跟著掉落了山谷。

儘管身體看起來幾乎是消滅了，不過，就算還剩下稍微大一些的部位也很正常。

或者說，只要把細小的部分集合起來，他就能在短期間內復活嗎？

不死身的魔王，竟然不死身到這種地步嗎……？

「……」

無視著愣在原地的我們，鎧甲從山谷爬了上來。

但是，形狀不一樣。

手是兩隻，儘管與剛才打倒時相同，但整體的造型有所改變。

不僅頭盔的形狀不同，個頭也更小。

甚至不到兩公尺。

而且，那人還拿著劍。一把巨大的劍。

用王龍王製作的，那把世界最強的劍。

不對。

不是這傢伙。這傢伙不是巴迪岡迪。

一英雄無論被逼進多麼艱難的窘境，也會復活，扭轉局勢。事情果然就該這樣。」

那個聲音，與英雄這個稱呼。

我不可能會忘記。

「北神卡爾曼三世，亞歷山大・雷白克……！」

原來他還活著嗎？

我以為他肯定死了。畢竟當時他連動也不動。竟然還活著嗎？

可是也對。

仔細想想，他也擁有不死魔族的血脈。只要花上時間，就有辦法復活嗎？

不對。

我的背脊竄起一陣寒意。理解了眼前的狀況。

是那個。基斯所說的「最後的計策」。

就是這個嗎？他打從一開始就是這麼盤算的？還是在中途改變了主意？

我就覺得奇怪。鬥神鎧沒有再生，這種現象根本不正常。

原來當時是刻意不讓它再生的。這樣一來，就能讓亞歷在谷底穿上鬥神鎧，正式復活。

說不定，昨天基斯裝死的時候，就已經在進行事前準備了。

為了將鬥神鎧與巴迪岡迪的一部分掉進谷底，讓亞歷復活……

可惡！

又非得動手才行了嗎？又不得不戰鬥了嗎？

我已經受夠了。剛才那樣結束不好嗎？給我適可而止啊，為什麼打倒過一次的傢伙現在又跑出來了啊？

不對，是我的錯。

我沒有仔細確認亞歷的屍體。我認定已經打倒了，給了他最後一擊，就那樣放著不管。要是有燒掉的話，結果可能會不一樣，但我卻置之不理。

那我到底該怎麼做才好啊？他都變成那樣了，還要再做得更絕嗎？算了……

事情已經過去了，後果也造成了。

怎麼辦？我現在既沒有零式，也沒有援軍。

眼下只有基列奴、伊佐露緹、瑞傑路德，還有魔力即將耗盡的我。

既沒武器，也沒防具。束手無策。根本沒有勝算。

我該怎麼做才好？

該怎麼做，才能打贏身穿鬥神鎧的北神卡爾曼三世？

拜託奧爾斯帝德出馬嗎？別說傻話了。我是為了什麼才站在這裡的？

那麼，至少該削弱他的力量……該怎麼做？

「……」

我茫然地看著亞歷，此時他的視線朝向我這。

彷彿對我出現在這裡沒有任何疑問。就像是在表示我會在這裡等著他是理所當然的那樣。

「魯迪烏斯．格雷拉特……我之前說你是個半吊子，對此我向你賠罪。你是出色的戰士。與外表不同，是配得上我的敵人。多虧有你，我又變強了一個階段。這點得向你道謝。」

我拖著筋疲力竭的身軀，走向黃金鎧甲。

反正逃走也會被追上。甚至沒有能夠爭取時間的戰力。

那麼就掙扎吧。使出我僅存的一切力量，拚死掙扎。我滿腦子這個念頭，踏出步伐——

「……啊？」

回過神來，我已經倒在地面。

「現在的我，可以贏過任何人。」

當我意識到自己是被亞歷打飛，是當另外三人倒在周圍的時候。

不管是瑞傑路德、基列奴還是伊佐露緹。

都一擊就被打倒在地。

「這是讓我變得更強的謝禮，魯迪烏斯。我就饒你一命吧。」

過了一會兒，一股劇痛襲來。腳斷了。

太快了。根本搞不清楚發生了什麼事。

雖說沒張開預知眼，但我竟然無法有任何反應。

不，除了我以外的三人也都沒能反應過來。即使我張開預知眼，結果也不會改變吧。

這就是鬥神鎧原本的力量嗎？

只要穿上的人愈強，提升的力量也就愈大……

不，不是這樣。巴迪岡迪也沒有弱到哪去。他那樣也是很強。

只是因為穿上的人變了，性能也跟著截然不同。這就是會對應裝備者而改變形狀的……

最強的鎧甲。

「那麼，再會。」

亞歷就這樣揚長而去。

沒時間感到驚訝了。我立刻詠唱治癒魔術，治療了身旁的三人。

三個人都昏了過去。雖說處於瀕死狀態，但還沒有死。

亞歷是在手下留情嗎？可惡。又被他小看了。

算了。這也不是壞事。

我治療他們三人後，用土堡(Earth Fortress)藏起他們的身體，追上亞歷。

追上之後要怎麼辦？我毫無計畫。希露菲已經抵達村子了嗎？奧爾斯帝德打算如何行動？

我不知道。

但是，他去的地方有我必須要守護的事物。

有艾莉絲、希露菲、諾倫。還有斯佩路德族的人也是。

我不能讓他們遭到亞歷蹂躪。

沒理由不追上去。

腳抬不太起來。不斷打顫的雙腿傳來違背我意志的反應。

即使如此，我依然跑了起來。

追著黃金鎧甲，往前奔馳。

★ ★ ★

斯佩路德族的村子，實在過於安靜。

我抵達的時候，甚至以為一切都已經結束了。

「……為什麼？為什麼一個人都沒有！」

亞歷大聲呼喊。

當我通過入口的柵欄走進村子，發現眼前空無一人。

斯佩路德族不在。諾倫與茱麗也不在。應該被當成傷患送回來的克里夫等人也不在。

應該幫我向奧爾斯帝德傳話的希露菲與艾莉絲也同樣如此。

村子裡沒有任何氣息。

一群人就那麼突然地消失無蹤。

「這是怎麼回事！魯迪烏斯不是一直在守護這裡嗎！」

沒錯。我確實在守護著這裡。

真奇怪。大家剛才都還在的啊。

以時間上來說……過了多久？

從這裡到地龍谷大約三小時，我去的時候是搭零式，而且是快馬加鞭連忙趕去，所以頂多一個小時，接著又與巴迪岡迪戰鬥，尋找基斯，然後才回來……大概是在五六個小時之前吧？

當時，大家確實都在。

雖說當時走得很匆忙沒有細看周遭，但大家應該都在的。

奇怪？不對，等等。怎麼覺得當時好像人太多了？

是不是連不應該出現的人也在這裡？

「可惡……意思是我被你騙得團團轉嗎……魯迪烏斯．格雷拉特！」

亞歷轉頭望向這邊。

他渾身上下散發著怒氣，同時轉向這邊。

誤會啊。這連我也不曉得。

既然現在奧爾斯帝德不在這裡，我為什麼要追著這麼危險的傢伙？

這樣也太蠢了吧？他都放我一條生路了，我應該要覺得很幸運直接逃到森林外面啊。

「不論奧爾斯帝德還是斯佩路德族，打從一開始就不在這裡。是這樣沒錯吧？」

「……不，斯佩路德族……還有瑞傑路德先生，你不是都看到了嗎？」

我察覺到他隨時都有可能會襲擊過來，同時往後退。

我已經完全搞不清楚狀況了。

該不會這其實是我現在正在作的夢吧？

難道冥王還活著，從我們打倒巴迪岡迪的那部分開始，就都是在作夢而已嗎？

「我原本打算放你一條生路，不過算了。既然你這麼想和我戰到最後一刻，我就成全你吧……」

不妙。我搞不懂他在說什麼。

我得快逃才行。我沒有戰鬥的理由，得快逃才行。

正當我如此心想，打算轉頭逃跑時——

剎那間，背脊猛然發冷。

我的腳停住了。

亞歷做了什麼？

不對。他也同樣僵在原地。

「這……這股寒氣是怎麼回事？」

他的聲音聽起來充滿畏懼，東張西望地環視周圍。明明都得到鬥神鎧了，為什麼還會怕成這樣？

為什麼？

是因為詛咒。一種能讓人感到恐懼的詛咒。

不過基本上，那個詛咒對我不管用。只是我可以明顯感覺到帶有這個詛咒的人物正渾身散發著殺氣。

我對這股殺氣有著嚴重的心理創傷，所以才感到害怕。

「……」

殺氣的凝聚體現身了。

從斯佩路德族的村子深處。

他並沒有戴著我熟悉的黑色頭盔。

一頭銀髮，銳利的三白眼。長相令人恐懼的男子，正一步一步朝著這邊走來。

「魯迪烏斯。」

「奧爾斯帝德大人……為什麼……」

奧爾斯帝德。

他把單手拿著的頭盔朝我扔了過來。

我慌張地接住。

「當我聽到希露菲葉特的傳話時，克里夫．格利摩爾的魔力已經即將耗盡。因此，我判斷這樣難以封印巴迪岡迪以及鬥神，便向某個男人低頭求助。所以才會來晚了一些，原諒我。」

不，我沒有在意這種事，並不是想問你為什麼會慢來的理由。

而是想問為何沒有人在這裡……

「不過，沒想到會演變成這種局面……」

語畢，奧爾斯帝德望向亞歷。

望向身穿鬥神鎧的北神卡爾曼三世。

「接下來就交給我吧。」

奧爾斯帝德這樣說完，往前踏出了一步。

而亞歷就像是在感到膽怯那般，往後退了一步。

我完全搞不清楚現在是什麼狀況，只是如此詢問奧爾斯帝德。

「可是，奧爾斯帝德大人，您的魔力會……」

「夠了。你已經做得很好。我也做好覺悟了。」

奧爾斯帝德聞言後搖頭。

「您說覺悟，是指……」

他看向我，微微一笑，又稍微地繃緊表情。

他以這個世上最令人畏懼的表情，如此說道：

「我也想要試著相信伙伴而戰。」

這段話沒頭沒尾，老實說我不太懂他的意思。

但是，給人的印象卻莫名強烈。我知道奧爾斯帝德是在下定某種決心後才說出這種話。

「…………明白了。那麼，剩下的就交給您了。」

我往後退。

已經不需要多說什麼。

明明覺得不可以讓奧爾斯帝德戰鬥，但我也發現自己的嘴角微微上揚。

我似乎有點誤會了。

其實也不是什麼大事，總之，奧爾斯帝德比想像中還要倚重我。

他並不是出於算計，而是發自真心認為我是伙伴。

而且，奧爾斯帝德還說他想要相信伙伴而戰。

不是自己人，而是伙伴。

今後不再是一個人，而是和我一起。不是使喚我，而是與我並肩作戰。

所以，我認為這一定不算輸。
雖然我覺得沒能達成目的，但是確實滿足了其他的勝利條件。
我是這樣認為的。
「那麼，『北神卡爾曼三世』亞歷山大．雷白克。」
「你就是『龍神』奧爾斯帝德……嗎？」
被叫到名字，亞歷立刻舉劍擺好架式。
那是王龍劍卡夏庫特。
是嗎？他要以這樣來迎戰嗎？鬥神鎧搭配王龍劍卡夏庫特。
這是會令人絕望的最強裝備。有沒有辦法讓他不使用其中一樣呢？
有沒有什麼是我能做的？
「這樣正好。」
我雖然這樣想，但奧爾斯帝德好像不這麼認為。
他看著舉劍的亞歷，露出了綽有餘裕的笑容。那笑容驚悚到能將一切全部凍結。
「鬥神鎧，加上王龍劍卡夏庫特。既然兩樣都在你的手上，輸的時候就沒辦法找藉口了吧？」
「什麼！」
亞歷的殺氣頓時高漲。

「你在瞧不起我嗎！」

「並非如此。」

奧爾斯帝德說著這句話的同時，將雙手合掌。

接著，緩緩地拉開。

有某樣東西從左手被抽了出來。

那是一把刀。

我看到這幕的瞬間，雙腿不禁震顫。

那把刀，我只看過一次。奧爾斯帝德對那把刀，只用一句「神刀」來稱呼。

我只知道那把刀會消耗龐大的魔力。

「我只是想把你教訓得體無完膚，讓你的心徹底折服罷了。」

奧爾斯帝德以神刀的刀尖對準敵人。

亞歷渾身充滿著怒氣。他釋放出令人為之膽寒的殺氣，舉起王龍劍。

「辦得到的話，你就試試看啊！」

「龍神」奧爾斯帝德，與身穿「鬥神鎧」的「北神」亞歷山大。

真真正正的最後一戰就此開始。

★
★
★

十幾分鐘後。

地龍谷之森消失了四分之一。

在被野火燒盡的荒野，斷裂的巨樹四處成堆的景象當中，一名失去雙臂的少年跪在地上。

少年的脖頸正被人架著一把刀。

他露出茫然若失的表情，抬頭望向持劍的對手。

拿著刀的是一名男子。

銀髮，三白眼。

他身上沒有任何傷痕。彷彿是根本沒有戰鬥過那般，毫髮無傷地站在少年眼前。

頂多是衣服稍微髒了一點罷了。

「是要死在這裡，還是要成為我的部下，自己選吧。」

「…………」

龍神與身穿鬥神鎧的北神。

或許，這對決組合堪稱傳說之戰。

說不定是能流傳到後世的世紀對決。

然而戰鬥的過程要以傳說之戰來形容，卻顯得過於單調。

因為太過一面倒，根本就是碾壓。

老實說，我很難用嘴巴說明這場戰鬥。

我確實是見證了這場戰鬥。即使差點被波及而死也在旁見證這一切。

但實在是太快了，快到我幾乎看不見。即使我有預知眼，也不明白他們兩人究竟做了什麼。

不過，我很清楚奧爾斯帝德在戰鬥中始終保持著優勢。

我很清楚亞歷試圖扭轉局勢，但每次都遭到狠狠擊潰，被打得體無完膚。

完全就是實力上的差距。

即使擁有鬥神鎧與王龍劍，卻是連一根手指也碰不到。

鬥神鎧完全碎裂了。儘管鎧甲本體重新開始再生，但已經從亞歷的身上分離。

王龍劍連同亞歷的手臂就掉在不遠處。

亞歷已經完全失去了戰意。

他用敗北者的眼神，半張著嘴，臉上充滿了恐懼，一邊流淚一邊抬頭看著奧爾斯帝德。

眼前那名少年臉上，已經看不到當初揚言要成為英雄的那張表情。

在那裡的只是內心完全折服的一隻喪家之犬。

「……………我會成為……您的部下。」

在一陣漫長的沉默之後，亞歷如此說道。

這次，最後的戰鬥真的劃下了句點。

第四話「戰鬥結束」

後來過了一個月。

我現在站在地龍谷之森的出口附近。

周圍排列著以簡易方式蓋起來的木造建築房屋，劈開樹木所建立的廣場，有各式各樣的人正忙碌地四處奔波。斯佩路德族、畢黑利爾王國僱用的人族木匠、勞工、樵夫……以及魯德傭兵團。

「哥哥，可以幫我把東邊的森林再多開墾一些嗎？」

愛夏當然也在這裡。她在村子裡闊步行走，向各個地方下達指示。

莉妮亞與普露塞娜則是按照指示指揮著團員。

這樣看的話，都搞不清楚誰才是真正的團長呢。

「嗯，我知道了。」

我現在也加入他們的行列，復興斯佩路德族的村子。

時而用魔術開墾森林，時而用土魔術蓋出房子的地基，時而鋪好地龍谷與村子之間的通道。

要做的事情堆積如山。

好啦。

為什麼愛夏與魯德傭兵團會在這裡呢？為什麼亞歷來的時候，除了奧爾斯帝德以外沒有任何人呢？

這些事情必須要好好說明才行。

不過雖然要說明，但其實可以用一句話總結。

這是愛夏的傑作。說傑作好像她幹了什麼壞事一樣，用功勞來代替吧。

這是愛夏的功勞。

在轉移魔法陣與通訊石板停止時，愛夏與傭兵團也陷入了極端的混亂之中。

他們身處遙遠的異國土地，被封住了聯絡方式與移動手段，頓時感到焦躁以及不安。

然而在這個時候，愛夏依然冷靜。

她冷靜地判斷狀況，思考對策。若是現場已經開始戰鬥，待在國境附近的自己這一行人就算現在前往現場也太晚了，能做的事情又很少。

愛夏得到的結論，就是考慮到基斯逃脫的可能性，同時致力於修復轉移魔法陣。

簡而言之，就是修復設施。

話雖如此，除了轉移魔法陣之外，連愛夏身上帶著的預備魔法陣所對應的事務所魔法陣也全都遭到破壞。這樣根本束手無策。

如果是我，想必這時就會放棄了。實際上也的確放棄了。

然而愛夏卻想到了。

用她那天才般的頭腦想起了某人的祕術。

那個祕術，就是掌握其中一邊遭到摧毀的魔法陣，重新畫出用來對應的魔法陣，藉此移動到想去的地方的技術。

至於那個某人是誰呢？

沒錯，就是「甲龍王」佩爾基烏斯．朵拉。

她為了拜託佩爾基烏斯，開始在國境附近搜尋七大列強的石碑。

發現之後，立刻用佩爾基烏斯之笛前往空中要塞。

佩爾基烏斯知道我們打算拯救魔族，起初面露難色，但後來的某句話成為契機，他便答應「只幫妳接上一組」，愛夏聞言之後，選擇把國境附近的魔法陣與斯佩路德族村子的轉移魔法陣給接上。

事情就是這麼一回事。

「真虧妳能讓佩爾基烏斯大人點頭答應呢。」

「其實他當時臉色很難看喔，不過我告訴他能透過這場戰鬥讓奧爾斯帝德欠下人情，他就答應了。」

後來，他們在我打得如火如荼時移動到斯佩路德族的村子。

聽說了狀況後立刻使用轉移魔法陣，讓居民以及其他人先到國境附近的城鎮避難……

不過，如果回到夏利亞的洛琪希不是選擇召喚魔導鎧零式，而是以普通的轉移魔法陣為優先的話，差點就要做白工了呢……

感覺愛夏很巧妙地彌補了洛琪希的失誤。

雖說這也是無可奈何，但洛琪希對這件事似乎也感到很過意不去，沮喪了一段時間。

「這附近嗎？」

「嗯，一口氣夷平吧。盡量用得寬闊一點比較好吧？」

「也對，我知道了。」

「結束後再叫我喔。我會叫傭兵團過來搬木材那些的。」

「了解。」

於是，戰鬥後過了一個月。

儘管我們一邊警戒一邊備戰，但沒有再發生下一場戰鬥。

想必已經不會有戰鬥了吧。

因此，我讓洛琪希、希露菲以及札諾巴等人先回去夏利亞了。艾莉絲則是以擔任他們的護衛為名目一起回去了。

由於零式的召喚魔法陣、用來避難的魔法陣都因為奧爾斯帝德與亞歷的戰鬥而消失了，所以只好再麻煩佩爾基烏斯送他們回去。

我拜託先回夏利亞的人負責重建事務所，恢復通訊石板以及轉移魔法陣。

聽說夏利亞那邊沒有任何狀況。櫃檯的精靈妹妹也平安無事。頂多是沉睡在事務所地下的武器與防具那類，還有奧爾斯帝德每天寫的文件被埋在瓦礫裡面。

後來也將國境附近傳送到第二都市伊雷爾的魔法陣重新接上，前去避難的斯佩路德族成員也得以回來。

在那之後，他們正式被迎接到畢黑利爾王國。

畢黑利爾王國對於將斯佩路德族迎接為國民一事抱持著肯定的態度。

有一部分也是因為失去了第三都市與鬼神的他們目前沒辦法說ＮＯ吧。

而作為迎接他們到國內的措施，對方提出了追加條件，就是至少要從村子派出三個人從事為國家服務的工作。

聽說這個條件與鬼族相同。

後來順利地選出了三個人，現在大家正為了復興村子而行動。

如果可以這樣一帆風順地持續復興，想必斯佩路德族就能在畢黑利爾王國國內擁有棲身之所。

使徒全都打倒了，斯佩路德族、鬼族與畢黑利爾王國也成為了我們的伙伴。

我們贏了。

但是，這真的可以說是勝利嗎？

「魯迪烏斯閣下。」

「香杜爾先生。」

我一邊思考一邊持續地採伐森林，不知不覺間香杜爾便站到了我的背後。

不只是香杜爾，還有基列奴、伊佐露緹以及杜加。

香杜爾是在戰鬥完後過了十天左右才回來的。

他在與鬥神的戰鬥之中身負瀕死的重傷，而且還被打落海中。

不過，聽說他後來設法漂流到鬼島，在那邊專心地進行恢復。

與鬥神戰鬥之後還能生還，其實應該要稱讚他吧？

但我們重逢時，他看起來莫名地內疚。

或許冠以北神卡爾曼名號之人，還是會對敗北感到慚愧吧。

不，與這點無關，他可能是因為自己平常總是裝得深藏不露，所以才難為情吧……

「辛苦了。有什麼事嗎？」

「不，我只是想說我們也差不多該回阿斯拉了，所以來向你道別。」

「……喔喔。」

香杜爾他們的工作結束了。

他們基本上還是愛麗兒的部下。既然不會再戰鬥了，自然也得回去。

「香杜爾先生，真的非常謝謝你。如果沒有你，就沒辦法有今天這個成果。」

「要道謝的話，請感謝愛麗兒陛下。」

「那當然。請幫我轉告陛下，今後有什麼狀況，還請第一個通知我。我一定鼎力相助。」

「明白了。」

香杜爾、杜加、基列奴、伊佐露緹。

每個人都是王級以上的強大劍士。

愛麗兒為我準備了如此傑出的部屬，實在是對她感激不盡。

「基列奴，也非常謝謝妳。」

「不，你不用道謝……不過，下次若要去掃墓的話，我也打算一起去。」

「知道了。我等妳。」

基列奴只說了這句話。

「杜加，也多謝你了。摔落山谷那時，要是沒有你我早就死了。」

「哦。」

「如果你有什麼私人的問題還請告訴我。我想報答你的救命之恩。」

「哦！」

杜加雖然只說「哦」，但看起來有些寂寞。

「也非常感謝伊佐露緹小姐。當時若是沒有妳挺身而出，我早就死了。」

「不會，我在這場戰鬥中也學到了很多。要道謝的人應該是我才對。」
伊佐露緹優雅地行了一禮，對我投以莞爾的微笑。
這個人一如既往，無論五官還是舉止都很漂亮。
聽說她現在依然未婚，真想知道阿斯拉的男人到底在做什麼呢。
「也請代替我向醫師團隊表達謝意。」
「好的，那麼……我們告辭了。」
香杜爾行了一禮，隨即轉過身子。
此時，我想起一件事情忘了說，便從背後叫住他。
「那個，關於阿托菲大人，我很遺憾。」
香杜爾回來了。
然而，回來的人只有他一個。
阿托菲依然是下落不明。
看樣子她似乎是漂流到海上了。想必幾年內都沒辦法找到吧。穆亞也是相同。
「……關於母親的話，應該不用擔心。我想過一陣子，她又會突然冒出來了。真的令人遺憾的是鬼神閣下。」
「說得……也是。」
鬼神已經確認身亡。

他面對鬥神雖然驍勇善戰，但終究不是不死魔族。到了最後力竭身亡。

好不容易才與他握手言和的，實在遺憾。

「不過，一直悼念死者也無濟於事。」

「說得也是。我們得向前看才行。」

我和他約定過了。

萬一他死了，就要代替他保護倖存的鬼族。

儘管目前沒有任何存在會威脅鬼族，但要是發生什麼狀況，我還是想要守護這個約定。

「那麼，我們告辭了。」

「好的。辛苦了。」

「喔，對了……亞歷他，就麻煩你照顧了。」

「……好的。」

香杜爾如此說完，便轉身離去。

此時像是與他們換手那般，我看到克里夫走過來。

艾莉娜麗潔也與他一起。

「魯迪烏斯。」

「克里夫前輩。」

「他們也要回去了嗎？」

「對，克里夫前輩也是嗎？」

「是啊。畢竟事情好像都告一段落了……雖說最後還是找不出疫病的原因，但過了一個月也沒有復發，居住的地方也換了……所以我決定先回去一趟。」

這次也受了克里夫不少關照。

要是沒有他在，想必沒辦法治好疫病。說是疫病，但其實應該是冥王的傑作。

「克里夫前輩。謝謝你的幫忙。萬一你沒有來的話，真不知道事情會怎麼樣……」

「這個嘛，以你的實力，我想自己一個人也能設法解決就是。若是疫病又再度復發，你到時再聯絡我吧。」

「好的……老是受克里夫前輩幫忙，真不知道該怎麼道謝才好。」

「我之所以能放下麗潔與克萊夫，一個人在米里斯奮鬥，都是因為你的家人願意在夏利亞幫我照顧他們。我們是彼此彼此。」

能聽到他這樣說，實在令人感激。

「那麼，再會……對了，我回去時打算順便繞去你家一趟，有什麼事情要我轉達嗎？」

「就告訴他們，我會馬上回去吧。」

「沒問題。」

克里夫如此說道，轉身離去。

最後，艾莉娜麗潔向我拋了個媚眼，雖然也受到她不少關照，但沒來得及說出口呢……算了，反正是附近鄰居，就以行動來表示吧。

不過，這次真的得到了許多人的幫助。

首先是克里夫。若是沒有他，斯佩路德族或許已經被疫病滅亡了。

再來是香杜爾、杜加。要是沒有他們，想必我就不會站在這裡吧。

阿托菲出手幫忙的時機也很神。除了阿托菲之手，還在恰到好處的時間點攻擊鬼島。我現在能像這樣活著，可說也要歸功於阿托菲。

要是讓那個阿托菲就這樣行蹤不明，這樣也實在太忘恩負義了，所以我打算等事情穩定下來，再與大家一起到海邊搜索她的下落。

戰鬥結束後，大家都回去了。

這種感覺就類似大型活動結束後解散一樣。

令人沒來由地感到寂寞。

「好。」

我就這樣東想西想，不知不覺間完成了森林的開墾。

呈現在眼前的是一片美麗的大地。剛才連根拔起的大樹，被我用土魔術整齊地排在一起。

我覺得自己的辦事成果很不錯。

「好啦，愛夏她……」

我回頭望去，瑞傑路德與諾倫正好走了過來。

「啊，哥哥。」

「諾倫！妳來得正好。可以幫我去向愛夏說一聲，這邊已經開墾完了嗎？」

「好，我知道了。」

諾倫立刻轉身，朝著村子的方向跑去。

留在原地的瑞傑路德此時朝我走了過來。

「魯迪烏斯。」

「瑞傑路德先生。」

「抱歉。在許多方面都受到你的幫助。」

「我們約好別這麼說了呀，老爹。」

「並沒有。」

「也是啦。」

瑞傑路德正在從事村子的復興工作。

他今後可能會很常出入我們的事務所，再不然就是擔任與畢黑利爾王國進行交涉的工作。

諾倫現在跟著那樣的瑞傑路德忙進忙出。

她似乎也打算在村子重建完成之前，都繼續留在這邊幫忙。

「等村子重建完成，請你再來夏利亞一趟。」

「嗯，我也想見見你的孩子。」

「超可愛喔。」

「自己的小孩都是這樣的。」

瑞傑路德笑了，然後看著我。現在我們差不多高了。

「……你真的變強了呢。我從來沒想過你居然能成為七大列強。」

「如果是現在的話，瑞傑路德先生也能輕鬆當上喔。以瑞傑路德先生的實力，像我這種貨色只要一拳，一拳就夠了。」

「別開玩笑了。」

「不過，我確實也不是只靠一個人的力量就當上七大列強的。」

「那些也算是你的力量。」

「不好說呢。」

「……」

瑞傑路德稍微看了我一會兒，隨即哼笑一聲，取下掛在脖頸的鍊墜，遞給我。

那是洛琪希的鍊墜。

「現在是時候還給你了。」

「可是，這個……」

「這個果然還是該由你帶著。」

那是第一次與瑞傑路德分別時，我交給他的鍊墜。

洛琪希的鍊墜。這個鍊墜好像在不知不覺間成為了我的標誌。

而且，也是我開始在這個世界邁出步伐的契機。

「我明白了。」

我收下了鍊墜。

從前把這個交給他時，是因為一些瑣碎的理由。

離別時，我說沒有必要還給我，要求他帶在身上。或許，我是想要一個與他之間的連結。

但是，現在他還給我了。

因為他已經是同胞了。因為我們今後暫時不會再分開了。

「瑞傑路德先生，今後也繼續麻煩你了。」

「嗯，但我的能力或許不夠。」

「不夠的部分，就讓我們互相補足吧。」

「呵，說得也是。」

我笑了，瑞傑路德也露出微笑。

★★★

諾倫帶著傭兵團回來後，瑞傑路德也走了。

我離開現場，朝魔法陣的方向走去。

因為我想自己也差不多該回一趟夏利亞了。

「！」

這時，我注意到前方有名人物正在靠近。

是奧爾斯帝德。他與往常一樣戴著黑色頭盔。

他不是一個人。在他身後，有名黑髮少年猶如忠臣那般隨侍在側。

是亞歷山大．雷白克。

「……」

自那天之後，他就以部下的身分緊跟在奧爾斯帝德身旁。

簡直就像是穆亞對待阿托菲那樣，希瓦莉爾對待佩爾基烏斯那樣。

就像是在表示他從百年前就擔任著這個職位。

雖然很想強調說我才是元老，但要是打起來我肯定會輸，所以我也沒多說什麼。

然而，一看到他，我還是會不由自主地警戒起來。

「請問怎麼了？」

「……不。」

「如果我有任何失禮之處，還請直說。我會立刻改正。」

不過我的警戒根本沒意義，亞歷從那天以來就變得挺乖巧。

他老實到甚至讓人覺得是不是在背地裡打著什麼主意。對奧爾斯帝德自是當然，連對我也是絕對服從。

「我明白您為何提防我。但是，我在日前的戰鬥當中已經明白了自己的分寸。明白自己究竟有多麼不成熟，多麼渺小。所以我打算暫時在奧爾斯帝德大人與魯迪烏斯大人底下持續鑽研精進，然後，在這段期間重新探究所謂的英雄究竟為何，北神又是為何。作為證據，也為了告誡自己，我才會請大人像這樣封印自己的慣用手。」

亞歷如此說著，並舉起了右手給我看。

他右手的手腕處被俐落地砍斷，在斷面上刻有紋樣。

那是由奧爾斯帝德施加的封印術。

亞歷流有不死魔族之血，即使遭到碎屍萬段也能再生。

儘管速度不比巴迪岡迪或是阿托菲，但只要花上時間就能確實再生。

因此他砍斷了慣用手，並為了不讓該處再生而要求奧爾斯帝德施加封印。

作為他忠誠的證明。

順道一提，在那道封印魔法陣上灌注魔力的人是我。

「如果只有左手，想必構不成威脅吧。」

「……不，以你的實力，我想就算沒有雙手也能幹掉我。像是用頭鎚之類。」

「您別謙虛了……不，或許這份謙虛才是最重要的。今後也請您繼續指導、鞭策我。」

「唔……嗯……不過我是真的這樣想啦……」

奧爾斯帝德似乎很相信這樣的亞歷，讓他隨侍在側，什麼也沒說。

不過，我感覺好像隨時都會遭到亞歷背刺。

老實說我很害怕。雖然我知道他並不是那麼聰明的傢伙，但依然會害怕。

「……那個，如果你還想要列強的地位之類，就告訴我喔。我會立刻還你。」

「不，那個就等到我認為自己不再是個半吊子後，再鄭重拜託您。」

「要真的來拜託喔？不可以從背後突然偷襲之類的喔？」

「我到時或許不是找魯迪烏斯閣下，而是去挑戰劍神閣下，不過要一戰的話，當然要從正面光明正大地戰鬥！」

「要記得點到為止喔？不可以互相殘殺喔？」

「是！」

現在，我的列強名次是第七位。

第一位，「技神」拉普拉斯。

第二位，「龍神」奧爾斯帝德。

第三位，「鬥神」巴迪岡迪。

第四位，「魔神」拉普拉斯。

第五位，「死神」藍道夫。

第六位，「劍神」吉諾・布里茲。

第七位，「泥沼」魯迪烏斯・格雷拉特。

依序是這樣。

唯獨我感覺嚴重地格格不入，實在令人生厭。

今後想必也會出現為了爭奪列強席次而襲擊過來的傢伙吧。一想到就沉重。

不過，我的標誌是米格路德族的標誌。

以前我鮮少把那個標誌直接現出來。雖說剛才收回了洛琪希的鍊墜，但我也不打算秀給別人看，所以自然不會有人知道誰是列強。

我的知名度也沒那麼高，理應沒那麼多挑戰者來踢館才對。嗯。

暫時就把第七位當成「身分不明」吧。嗯。

順帶一提，經過了那場戰鬥，鬥神的名次並沒有改變。

據奧爾斯帝德所說，只要鬥神鎧沒有被完全破壞，似乎就不會有所變動。

我將目光從一臉幹勁十足的亞歷身上移開，望向奧爾斯帝德。

「奧爾斯帝德大人……那個，您的身體狀況還好嗎？」

我把臉轉向默默在旁聽著對話的奧爾斯帝德。

「沒什麼問題。畢竟只是多少使用了一些魔力，狀況並不會因此變差。」

在最後的對決，奧爾斯帝德使用了魔力。

而且是大量的魔力。聽說約莫是總量的一半。

在我眼裡看來他贏得不費吹灰之力，實際上HP全滿，只消耗了一半的MP，毫無疑問是輕鬆獲勝。

但是，既然這個MP不會恢復，事情就另當別論了。

奧爾斯帝德在這場戰鬥中，用掉了為了對付拉普拉斯與人神而預先保留的魔力。

我們勝利了。

但人神也同樣達成了勝利條件。

這樣可以稱得上是勝利嗎？

「伙伴增加，敵人減少。今後用到魔力的機會想必會比以往更少吧。」

不過，奧爾斯帝德看起來並不在意。

或許他已經看開了吧。

「如果是這樣就好了。」

「就算不是這樣，這次的狀況也與以往不同。那麼，只要朝著與以往不同的方向前進就行。

我已經對此做好覺悟了。」

奧爾斯帝德賭在我身上。

他認為即使用掉應付拉普拉斯與人神的魔力，只要能與我一起奮戰也沒問題。

他似乎認為這次算是大獲全勝。

既然他認為我們贏了，那就是贏了吧。

實際上，幾乎也沒有人因此身亡。

鬼神、數名斯佩路德族、數名阿托菲親衛隊。

我方的損失就只有這樣。

會認為我們算輸的要素，只有奧爾斯帝德的魔力。

「啊，請問您找我有何要事？」

「我差不多該回夏利亞了。」

「了解。我也正打算回去一趟……啊，但是我想事務所還沒有重建完成喔？」

「無妨，起碼還有睡覺的地方吧。」

雖說轉移魔法陣用的地下室好歹是以魔術挖掘的，但若是今後要繼續修復工程，勢必也需要進行擴張了吧。

畢竟這次遭到鬼神破壞，也必須針對這點思考對策才行。

不過，目前還沒有想出什麼好方案。除了主要國家以外的魔法陣，或許乾脆就別設了比較好。以前從來沒想過反遭敵人利用而被攻打進來的可能性，實在是令人震驚。

「在那之前，我想在最後去看看那傢伙。」

「……」

那傢伙啊……

「我陪您一起去。」

★ ★ ★

那天夜裡，我與奧爾斯帝德前往地龍谷。

在地龍谷底。

茂盛地生長著藍色蘑菇與青苔的平坦道路。有個設置在牆面的隱藏小洞。

這是高約一公尺的洞穴，由於有些彎曲，從外面看的話就像是立刻會走到死路。

然而，往裡面走大約十公尺後，就會來到巨大的空間。

在那裡，有個以一把劍為中心的巨大魔法陣正發出光芒。

雖然用巨大來形容，但半徑也頂多只有五公尺。

在那裡面，有個男人正躺在地上。

「唔嗯，來了嗎？」

是魔王巴迪岡迪。

他的肉體被分成五份，各自被封印在這座山谷的其他場所。

而本體則是在這裡。

若是不解除其他四道封印，就解不開這個結界。

而且結界是以巴迪岡迪肉體的魔力來運作，再藉由鬥神鎧與王龍劍進行增幅，加以維持。能夠半永久地持續運作。

是佩爾基烏斯特別製造的結界魔法陣。

為了封印魔神而開發的神級結界魔術。

只要成為媒體的封印對象與當作媒介的魔道具愈強，結界的強度就愈強。

除了鬥神鎧之外還使用了王龍劍的這個結界，據說強大到就連奧爾斯帝德都沒有手段逃脫。

將兩套神級裝備當作結界的一部分使用，或許是有些奢侈。

然而，這兩套武具與其由我們自己使用，反而更害怕被敵方拿去利用。

最近轉移魔法陣也才剛被敵人利用，所以像這樣用在這種地方也不壞。

只要有這個封印，不僅巴迪岡迪，也等於同時封印了鬥神鎧與王龍劍。

若是連這個都被突破，那也只能放棄了。

奧爾斯帝德是如此判斷，才會拜託佩爾基烏斯設置這個結界。

他低下頭，希望佩爾基烏斯助他一臂之力。而佩爾基烏斯也答應了這個請求。

這不僅是關於這次設置結界而已。

佩爾基烏斯成為了奧爾斯帝德的同胞，成為了他的伙伴。

但是，佩爾基烏斯是之後非得殺死的對象。這代表奧爾斯帝德選擇了背叛的路。

不管佩爾基烏斯還是奧爾斯帝德都有恩於我。

就我個人來說，心情很複雜。

但是，我知道奧爾斯帝德其實並不想選這條路。既然奧爾斯帝德在百般猶豫後還是如此選擇，我自然也沒辦法說三道四。

假如能夠查到不需要那所謂的龍族祕寶也能前往人神所在處的方法就好了，但我也很清楚，那肯定不是稍微研究一下就能簡單找到的東西。

總之關於這方面，或許不是我該煩惱的。

現在的重點是眼前的對象。

「實在很抱歉，陛下。既然你是人神的使徒，我們也只能這麼做了。」

「太拘束了。不能弄得再大一點嗎？」

巴迪岡迪以涅槃佛像的動作，高高在上地如此說道。

即使是對牢獄有獨道見解的我，也認為這個封印結界實在很拘束。

話雖如此，殺了他也令人於心不忍。

畢竟奇希莉卡也拜託過不要殺他。

「實在很抱歉，這已經是極限了。」

「唔嗯，那就沒辦法了。」

巴迪岡迪如此說道，隨後呼哈哈地大笑。

手剩兩隻，身體也比以前小多了。
這是封印的結果。
「所以，你們為何而來？總不會是要以吾的髗姿當作下酒菜召開酒宴吧？」
「奧爾斯帝德大人他有話要說。」
我如此說道，便將現場交給奧爾斯帝德。
「魔王巴迪岡迪啊。」
「唔嗯，晚安，龍神閣下。今日有何貴幹？」
「拋棄人神，降伏於我吧。」
巴迪岡迪一瞬間愣住了。
但隨後立刻大笑。
「呼哈哈哈哈哈哈！」
洞窟內迴響著巴迪岡迪的笑聲。
「遭到忌諱的龍族，居然要身為不死魔族的吾成為你的部下嗎！」
「儘管一時敵對，但你是魯迪烏斯的友人。不論亞歷克斯、亞歷山大還有阿托菲都已經站在我這邊。應該有思考的餘地吧？」
「沒有！」
他斬釘截鐵地如此斷言。

「這是為什麼啊，舅祖？」

站在入口附近的亞歷走上前來。

「您敗北了對吧？那就應該遵照不死魔族的規矩——」

「亞歷啊，你可不能誤會。這並非不死魔族的規矩，而是阿托菲的自我規則。」

「那麼，舅祖的意思是您已經立誓效忠人神那個傢伙嗎？」

「不對。」

巴迪岡迪挺起身子，搖了搖頭。

接著，他環起僅存的兩隻手，一臉滿不在乎地說道：

「吾原本便不好與人爭鬥。吾喜歡旅行、把酒言歡，搭訕路過的女子，擁抱，偶爾遭未婚妻痛揍，結交好友飲酒作樂，歡笑，歌唱，看著累倒的人們一臉滿足的睡臉。這次不過是人神低頭請託，吾才出手罷了。祂無論如何，都希望殺死魯迪烏斯·格雷拉特與龍神奧爾斯帝德。現在，吾能與奇希莉卡生在相同時代是誰的功勞？祂要我想起四千兩百年前的事，回報從前的恩情。對此，吾以『僅只一次』為條件答應了祂。」

「……」

「如今，那個一次也結束了。吾不會再站在任何人那邊！若是要選擇戰鬥，還是被封印在此，就把吾封印吧。」

聽他這樣說完，我不禁覺得其實也可以放他出來。

當然，既然他是人神的使徒，就不能聽信這種片面之詞而傻傻地縱虎歸山就是了。

唔……

「反正不管如何，一旦你與人神的戰鬥結束，自然會放吾出來吧？」

眼見我在煩惱，巴迪岡迪咧嘴一笑並如此說道。

「……是啊。」

看到奧爾斯帝德點頭，我頓時明白了。

沒錯。

在我活著的時候雖然沒辦法，可是一旦奧爾斯帝德打贏與人神的這場戰鬥，自然也沒有理由繼續關住巴迪岡迪。

「會在一百年後。」

「這不是一下子就到了嗎？吾就在這老實待著吧。」

巴迪岡迪這樣說完，又躺下去了。

奧爾斯帝德見狀後點頭，轉過身子。

這樣事情就談完了嗎？

真是乾脆。

「陛下……事到如今才說這種話也很奇怪，不過在魔法大學那時，謝謝你在各方面的照顧。」

「唔嗯。魯迪烏斯啊，儘管不知道這是不是吾等最後一次見面，還是先跟你說聲恭喜吧。」

「恭喜？」

「因為你贏了，所以恭喜。」

「這樣真的算是贏了嗎……」

這是我煩惱的地方。

到頭來，奧爾斯帝德還是用了魔力。

在最後的最後搞砸了。

但是，巴迪岡迪並沒有提及那部分。

「唔嗯。因為你給了人神敗北感。」

「敗北感？」

「你讓人神認為『不管怎麼做都殺不死這傢伙』。人神已完全失去了幹勁。吾最後看到的人神雖然用口頭難以說明，但那儼然是輸家的模樣。那麼，與祂戰鬥的對手不算贏的話，又該如何解釋？」

「……那是真的嗎？」

「不信的話，你就脫下那手環，去見祂一面就知道了。」

被他一指，我不由得用手遮住了手環。

「這個……還是算了吧。」

「是嗎？這樣也好。」

我不會中計的。

我已經不想再見到人神了。

不過在谷底見到時，他看起來確實像是被逼到絕境。

這次的勝利，讓人神產生了巨大的敗北感，這件事或許是真的。

不過，也不能相信他會因為這樣就喪失幹勁，不再來礙事。

「話說完了嗎？」

「我這邊已經說完了。」

「是嗎？那麼，保重啊。」

我跟隨奧爾斯帝德的腳步，一樣轉過身子。此時映入眼簾的，是一臉無地自容的亞歷。

「舅祖……我——」

「亞歷山大啊。如果你想成為英雄，就去尋找自己真正的敵人吧。畢竟，你的父親最終還是沒能找到。當你打倒那個敵人時，你將會成為超越父親的英雄吧。」

「……我明白了。」

亞歷也同樣轉過身子。

我與巴迪岡迪，大概這次就是今生永遠的離別。

儘管是可以每隔幾年就來露個臉，但說不定聊著聊著，我就把封印解開了。

那麼還是別來比較好。

巴迪岡迪被封印在這裡的事情，我並沒有告訴其他魔法大學出身的成員。

知道這個地方的，只有我、奧爾斯帝德、瑞傑路德、亞歷以及佩爾基烏斯這五個人。

我已經拜託瑞傑路德，請他安排人員在村子入口監視是否有人來到這座山谷。

況且，能下來這地龍谷底部的人或是能爬上來的人都是少數。

區區一百年的話，想必不會有人偶然地解開封印吧。

再加上——

「魯迪烏斯，入口。」

「是。」

我把蓋得很小的入口重新埋了起來。只要不特地挖出來，就不會被發現。

再見了。

「年輕的龍神啊。但願你的詛咒能夠解開。」

最後，我感覺隱約聽到了巴迪岡迪的聲音。

★
★
★

隔天。

一大清早，我在太陽升起前回到了夏利亞。

正在建設途中的新事務所。只剩下瓦礫的前事務所。

札諾巴等人似乎負責指揮建設，而他們就在眼前的簡易住宿處睡成一團。

這次也依然受到札諾巴關照了。希望今後也能與他保持著這種互相扶持的關係。

「那麼，魯迪烏斯。今後也繼續拜託你了。」

另外，和奧爾斯帝德也是。

「是。」

我在鎮外與奧爾斯帝德告別，在瀰漫著朝靄的鎮上漫步。

手上拿著從畢黑利爾王國帶回來的伴手禮。尤其是醬油的存在非常重要。今後只要有這種醬油，我就一輩子不會為食物所苦。畢竟醬油與什麼都很搭。不，說什麼都就太誇張了。

我環視周圍，確認這是與往常無異的夏利亞城鎮。

人們的樣貌也沒有改變。現在準備去田裡農耕的人，在旅社的庭院辛勤鍛鍊的冒險者。也能看到身穿長袍的男性，或許是大學教師吧。

我與他們擦肩而過，在積雪的歸途前行。

經由中央廣場，前往居住區。

眼前的光景莫名令人懷念。

儘管是幾乎每天都在走的路，但如今不知為何湧起了一種總算回來了的心情。

我從通道走進小巷。那是馬車也無法通行的窄道，這條路能夠稍微抄上一點捷徑，我已經走得習以為常。

穿過小巷後，就看見我家了。

纏在門柱上的比特一發現我靠近，就幫忙打開了家門。

庭園這邊有最近缺乏整修的家庭菜園。

犰狳次郎一看到我，便湊過來往我身上磨蹭。我蹲下身子撫摸牠的頭，牠便翻過來露出肚子。我摸了摸牠翻過來的肚子，牠便嘰嘰地發出了舒服的叫聲。真是可愛的傢伙。

這時，家裡的玄關大門隨著巨響應聲開啟。

「爸爸！」

衝出來迎接我的是與我有同樣髮色的小女孩。

是露西。

露西就這樣順勢以要撞向我膝蓋的氣勢跑了過來，我見狀之後，彎下腰迎接她。

咚的一聲，溫暖又柔軟的存在隨著相當有力的衝擊衝進了我的懷裡。

或許是因為她平常總是躲在希露菲後面，這種感覺很新鮮。

「我回來了，露西。」

「……歡迎回家！」

「妳在家有乖乖的嗎？」

「嗯！那個，我有好好地照顧菈菈、亞爾斯，還有齊格喔！」
「這樣啊這樣啊，露西已經是個值得依靠的姊姊了呢！」
我這樣說完，露西便在抱住我的手使力，更用力抱緊我。
我抱起露西，就這樣抱著她穿過玄關。
該怎麼說呢，家裡面有種令人放鬆的味道。
是我家那股聞習慣的味道。
自從一開始買了家後，人就陸續增加，為了適應生活而逐步改變。雖說習慣後就聞不到任何味道，但或許是因為長時間沒有回來，再不然就是我度過了險境，現在感到全身都很放鬆。
令人安心。
這個味道會讓我覺得這裡已經是我的老家。
「歡迎回來，老爺。」
「莉莉雅小姐、母親。」
當我正在用力吸著老家的味道時，莉莉雅與塞妮絲出現在樓梯前面。
莉莉雅確認我的身影後，深深地低下頭。
「莉莉雅小姐，辛苦妳留守家裡了。」
「不會，老爺能平安無事地回來，才是最重要的。」
「諾倫與愛夏似乎還會在那邊待一陣子。」

「明白了。不過話說回來，真的幸好您平安無事……當我聽說夏利亞郊外的，龍神大人的居所遭到襲擊時，真的是非常擔憂……實在是、實在是幸好、您平安無事……」

莉莉雅雖然泰然自若地與我對話了一會兒，但不久就用手摀住嘴巴，好似無法壓抑內心的情緒那般，肩膀不斷顫抖，開始哭了起來。

「害妳擔心了……」

雖說我也沒有方法聯絡，根本無計可施，但聽到我在上班的公司事務所遭到敵方公司破壞，擔心也是必然的吧。

實際上，事情就算如她擔心的那樣發展也很正常。

不只是我，任何人都有可能這場戰鬥當中喪命。

我確實為了不失去任何人而盡了最大的極限努力，但我的親朋好友沒有人因此而死，可說是奇蹟。

話雖如此，我確實也沒辦法保證不會再發生這種事情。

「我想暫時不會有大型戰鬥，請妳放心吧。」

「……是。讓您看到我丟臉的一面，實在很抱歉。」

此時我突然注意到，塞妮絲正在撫著莉莉亞的背。

塞妮絲想必也很擔心吧。雖說塞妮絲表面上欠缺了負面的情感，但她還是會擔心的。因為她就是這種人。

不管怎麼樣……

「我回來了。」

由於踏入了家裡，我總算重新體認到，與基斯這場漫長的戰役終於宣告結束了。

★ ★ ★

實際感受到戰鬥結束的隔天。

我感到興奮難耐。

既然與基斯的戰鬥已經完結，意味著我的誓約也宣告結束了。

唔嗯，換句話說就是這麼一回事。

這場戰鬥實在太過漫長，如今這種感覺已經逐漸養成自然，但因為第二世代的魯迪烏斯一大早就開始強調著自我，讓我頓時回想起來了。

沒錯，我的名字是魯迪烏斯·格雷拉特。

是保羅·格雷拉特的兒子，遺傳他下半身無法信任的這點的男人。

長久時間以來，我讓第二世代的魯迪烏斯一直辛苦忍耐。

可以說我也是拜此所賜才能努力到現在。

作為第一世代，勢必得報答這份恩情。因為我已經完成了誓約。

雖然太陽還沒升起，但我決定先下床，走下樓梯，前往玄關。

在玄關有聖獸雷歐以及艾莉絲。

「哎呀，魯迪烏斯。你今天起得真早呢。」

「早安，艾莉絲。大家呢？」

「都沒事喔。」

「我不是這個意思，他們在做什麼？」

「……莉莉雅與希露菲在準備早餐。洛琪希和孩子們還有婆婆都還在睡。我剛空揮結束，現在正打算去稍微跑一下。」

「這樣啊。」

我如此低喃，接著執起艾莉絲的手。

艾莉絲似乎在回應我的動作，緊緊回握我的手。

或許是因為她剛才在做空揮練習，手有些溫暖。

仔細一看，艾莉絲的臉頰也略為泛紅。

「什……什麼啦？」

「艾莉絲。今天就當假日吧。」

「唔！我……我知道了。」

這句「知道了」就像是在表示她已經看穿我打算做什麼了。

我說不定有表現在臉上。

完全正確。

「雷歐，不好意思，散步要取消了。」

「……汪呼。」

雷歐露出有些遺憾的表情，但牠舔了我的手一會兒後，便回到家裡。

我與艾莉絲牽著手，就這樣走進家裡。

接著，直接前往廚房。

在廚房，莉莉雅與希露菲正一左一右地準備著料理。

「希露菲。」

「啊，魯迪早安。你今天真早呢。」

「早安，老爺。」

希露菲與莉莉雅露出了一如往常的笑容。

我重新面向希露菲，以自然到自己都會驚訝的笑容說道：

「希露菲，今天就當作假日吧。」

「咦？是沒關係，但假日是什麼意思……」

希露菲歪著頭表示不解。

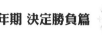

然而，莉莉雅似乎立刻就會意過來了。

「明白了。夫人，料理就由我來準備吧。」

「啊……是這個意思啊。」

希露菲頓時面紅耳赤，露出了靦腆的微笑，握住了艾莉絲沒握的另一隻手。

或許是因為剛才在準備料理得清洗食材之類，手有些冰冷。

「明明魯迪說的是那個意思，但表情卻顯得相當普通，所以我才沒注意到呢。艾莉絲馬上就注意到了嗎？」

「我大概猜到了！」

我在旁邊聽著她們的對話，同時轉向莉莉雅。

「莉莉雅小姐。到中午以前，孩子們就拜託妳照顧了。啊，對了。晚上大家再一起到外面吃飯吧。」

「明白了。」

她露出的笑容就像是在表示一切都被她識破了，老實說有點難為情。

但是，無所謂，都事到如今了。

我握著希露菲與艾莉絲她們兩人的手，走向孩子的房間。

我靜靜打開房門望向裡面，發現四個小孩正睡得很安穩。

露西、菈菈、亞爾斯以及齊格。

彷彿是在守護他們那般，雷歐在房間的角落縮成一團。

在這次的戰鬥當中，我有好幾次擔心著家裡的安危。

然而，我的擔心根本是多餘的，孩子們過得平平安安。說不定在我不知道的地方，也發生過戰鬥，而雷歐幫我保護了他們……

不管怎麼樣，我確認孩子們個個平安健康之後，靜靜地把門關上。

接著我走上樓梯，前往洛琪希的房間。

基於禮貌，我敲了門。

「……來了。」

幾秒鐘後，得到了回應。

門一打開，睡眼惺忪的洛琪希便映入眼簾。

她的頭髮亂翹，嘴角還有口水的痕跡。

睡衣的胸口寬鬆，好像可以看得見裡面。實在很性感。

「啊……魯迪。早安。怎麼了嗎？這麼一大早……」

「早安，洛琪希。我打算把今天定為假日，妳意下如何？」

洛琪希楞了一會兒，隨後好像理解了假日的意思。

她急忙用手指逗弄著亂翹的瀏海，臉頰有些泛紅地說道：

「我是沒關係啦……」

在我的右手與左手的另一頭有兩名女性，她望向其中一人。

「艾莉絲答應了嗎？」

我望向艾莉絲。

她以有些茫然的表情，面紅耳赤。

「我正要問她。」

我轉向艾莉絲。

「艾莉絲，現在我想四個人一起去寢室，可以嗎？」

我說完後，艾莉絲似乎明白了這個意思。

她的臉更加通紅，噘起了嘴巴。如果雙手空著，想必會擺出那個招牌動作吧。

「如果魯迪烏斯，無論如何都想要的話……」

抱歉啊，艾莉絲。

我今天想稍微給自己一點獎勵。想要跟禁慾的魯迪烏斯說再見。

「謝謝妳。」

我道了謝。

這不光是指艾莉絲允許我這件事，也是對至今為止一直支持著我的這三個人說的。

更是對沒有失去任何人就結束這場戰鬥而表達謝意。

基斯與巴迪岡迪說過。

這樣一來就結束了。

人神已經不會再對我出手。

當然，我不能相信那種話。

只要人神還活著，他就永遠都是我的敵人。

但是，今天一天就休息吧。為了取得明天的活力，為了再次過上安穩的一天。

為了感受到自己還能歡笑——

才——怪。單純只是我想做色色的事情。

好啦，從今天起，我就是解禁的魯迪烏斯。超強的喔。

我一邊如此心想，一邊走向寢室。

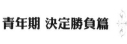

最終章　完結篇

第一話「最後的夢」

回過神來，我已經身處白色的地方。

是一如往常的白色空間。

自從轉生到這個世界後，我來的次數應該兩隻手就數得出來，但也來過這個白茫茫且空無一物的場所幾次了。

而每當來到這裡，我的外表依然會維持前世的模樣。

突出的肚子，粗短的手指。

沉重的身體，以及無力感。然而不可思議的是，已經沒有討厭的感覺。感覺不到以前從胸口深處湧起的那種焦躁感。我甚至會覺得這種模樣其實也不錯。

難道是因為我已經很久沒來到這個場所嗎？

還是說⋯⋯

「⋯⋯咦？」

好奇怪。什麼好久沒來，我沒印象自己有拿下手環。根本不可能拿下。

既然如此，為什麼我會待在這種地方？

奇怪？

話說回來，我原本正在做什麼來著？想不起今天睡覺前在做什麼。

雖然我覺得多半是正在生小孩那類的行為……不對，感覺好像也很久沒做那檔事了。應該有十年左右沒有開工了。

總覺得記憶很模糊。

「嗨。」

雖然記憶很模糊，視線卻很良好。在這個白色的場所，依然有那傢伙。

馬賽克的聚集體。人神。

不過，這是怎麼回事？人神看起來不太對勁。

他的身體四分五裂。而且，四肢分別被類似魔法陣的東西縫住，看起來還遭到半透明的鎖鏈束縛。

就像是RPG的最終頭目。

該怎麼說，如果不從右腳開始打倒，要是被他使用復活魔法感覺會很棘手呢。

「……」

是怎麼了？這是在扮演被封印的黑○大法師嗎？（註：出自《遊戲王》）

「我被幹掉了啦。」

被誰？

「你應該問這個嗎？」

除了我以外還有誰會問啊。難道這個地方除了我還有其他人嗎？

「……你看看那邊。」

我依言轉頭望去。在那裡有一群人。他們都背對這邊站著。

都是些不認識的傢伙。陌生男性、陌生女性、陌生魔族、陌生人族。

全員大概八個人吧。

在那裡面有一個我認識的人物。

是奧爾斯帝德。他雖然沒變，但也有改變的地方。

他沒有戴著黑色的頭盔。而且，臉上還留下了一道大大的傷痕。

或許是因為那道傷的緣故，他的臉看起來比平常更嚇人。然而，周圍的人卻依然對著他笑。

雖說奧爾斯帝德的臉還是一樣恐怖，但他的表情看起來有些溫柔。

儘管聽不到對話內容，但能看出他們互相信賴著彼此。

正在說話的……是名少年。

以年齡來說大約十七或十八歲吧。是個短頭髮，看起來就很擅長運動的帥哥。

那是現充的長相呢。五官來說是東洋風吧。不過話又說回來，他的笑容真棒。難道奧爾斯帝德的詛咒對他沒效嗎？

當我看著他時，集團裡面的一名女性站了起來。像是躲在這個集團裡面那般坐著的那個孩子，與其說是女性，更應該說是少女。

是個藍色頭髮的少女。在她身旁有隻巨大的白狼。

噢，我好像也在哪看過她。

她很像洛琪希。不過，並不是洛琪希。雖說毫無疑問是米格路德族，但我不可能會認錯洛琪希。那麼，她會是誰？

難道說……是菈菈嗎？

當我這麼想時，她突然朝著我揮了揮手。

不對，不是朝著我。而是往我身後，朝著人神揮手的吧。

隨後，在附近的男性向她搭話。我想大概是問她在做什麼吧。她回話之後，男性露出驚訝的表情望著這邊。

他也一樣是東洋風的長相。像這種類型的長相，在這個世界很少見。

該不會是日本人吧？年齡是二十幾歲……感覺還不到三十。

他向著這裡行了一禮。因為動作很像日本人，或許他真的是日本人。

當他這麼做時，所有人都一齊轉向了這邊。

裡面有年輕人，也有老人。起初以為是八個人，但好像有更多人在。眼前有一層霧看得不是很清楚。我認得的臉，頂多就只有奧爾斯帝德……

啊，不過，那個是艾莉絲吧。綁著辮子的紅髮劍士也看著這邊。

可是與艾莉絲又有點不太一樣……

他們朝向這邊，一個一個鞠躬行禮。

是對人神這麼做嗎？不對，這樣的話狀況有點不太對。

到底是怎樣呢？

我這樣想著並看著眼前的景象。隨後他們就站上莅莅畫的魔法陣，消失到某處了。

全員突然間就消失無蹤。只剩下魔法陣發出淡淡藍光的魔法陣。而過了一會兒，魔法陣也失去光芒，消失而去。

什麼都沒剩下。

「他們一群人聯合起來玩弄我，像這樣把我大卸八塊，加以封印。說因為我死了的話，最後留下來的人界說不定也會毀滅。」

會毀滅嗎？

「我哪知道啊。畢竟我又沒死過。」

這樣啊。說得也是。沒有人知道自己死後究竟會怎麼樣嘛。

「你滿足了嗎？」

「什麼意思？」

「這就是你期望的結局。我所有能力都遭到封印，會在這裡獨自生活下去。只不過是為了要讓世界存續，才讓我活下去。我已經無法看到世界，也無法與其他人說話。今後就只能一直盯著這一片雪白，空無一物的無界景象。」

這個嘛。如果你問我滿不滿足，我也不清楚。

我的目的並不是把你怎樣怎樣。我只是想要與希露菲、洛琪希還有艾莉絲幸福地生活而已。去工作賺錢，回家後與家人一起吃飯，到了晚上就在寢室親密地生小孩。

我想要的就是這種普通……不，幸福的生活。

這是我能想得到的，幸福到最極限的普通生活。

「你的幸福，就是我的不幸。」

這樣啊。那我滿足了。

你現在看起來好像是最不幸的狀態呢。既然你變成這樣，代表我一定很幸福吧。

「是嗎……這樣啊……你真可恨。」

我看不出人神的表情。

但是，聲音聽起來並不像憎恨。而是充滿了難過。人神以泫然欲泣的聲音如此說道：

「我討厭你。」

這樣啊，可是我——

意識在此中斷。

★
★
★

我清醒之後，發現自己躺在床上。

那是一張很大很大的床。寬敞到即使躺三個人左右也不成問題，而且軟綿綿的床。背後那種有點濕淋淋的感覺令人在意，但除此之外很舒服。

沒有任何人睡在旁邊。脖頸與眼睛可以動，身體卻有點動不了。

總覺得毛毯莫名沉重。

我只移動視線，望向床的外面，發現在那裡坐著一名紅髮少女。

有神又上揚的眼角，彷彿充滿好勝心的下巴曲線。

與艾莉絲長得一模一樣。可是，髮型是乖巧的辮子頭，也比艾莉絲小了許多。不論身高還是胸部都是如此。這也難怪。畢竟年齡才大約五歲。

她一和我對上視線，手上的東西頓時掉落，然後嚇得跳了起來。

椅子猛然倒下，看到她快要跌倒，我情急之下趕緊幫她撐住。

明明身體不能動，那是怎麼幫她撐住的，這點連我自己也不是很清楚。

只是，少女的手扶住半空，沒有跌倒而是重新站穩，咚的一聲把腳踩在地板後，便從房間跑走了。

「媽媽——！媽媽——！曾祖父他醒來了喔！」
我聽到匆忙奔跑的聲音，同時望向她剛才拿著的東西。
那是刻著龍神紋樣的手環，我不記得自己有取下。這樣啊，是她在我睡著時拿下來的嗎？
我有氣無力地抬起手，拿起了手環。
莫名地重。不對，並不是重，而是我使不上力。我的手已經細到連一個手環都拿不起來。
此時，放在房間一隅的鏡子進入我的視線。在那裡的，是一名倒在床上，隨時都會死去的老人。
白色鬍鬚、白色頭髮、深邃的皺紋。整張臉都浮現著死相。
噢，我想起來了。我今年七十四歲。
可是，奇怪？除此之外的事情，都想不太起來。
彷彿記憶限於五里霧中一樣。我的家裡，有這種房間來著……
「魯迪！」
衝進房裡的，是一名白髮女性。
年紀大約四十幾歲。
儼然已經是個大嬸了。
她一與我四目相接，隨即衝到我的身旁，握住我伸出毛毯的那隻手。
「是希露菲……嗎？」

「嗯……對。沒錯喔，魯迪。我是希露菲葉特。」

希露菲以溫柔的口吻，像是在教人般如此說道。

「你還認得我嗎？」

「啊……嗯，認得啊。我是怎麼了？」

「沒什麼事啦。你只是稍微睡得有點久而已。」

只是睡著而已嗎？這樣啊。確實，我總覺得很睏。

「可是，我身體動不了呢。」

「嗯，是啊……嗯……。」

希露菲沒有回答我的問題。只是像在安慰我那般撫摸著我的手。她這個舉動，簡直就像是在面對一名痴呆老人……

咦？我該不會……

老人痴呆了？之所以沒有記憶，也是因為這個緣故？咦？

七十四歲，應該不是會痴呆的歲數吧……不過，真的是七十四嗎？還是說現在年紀更大。可能還痴呆了更長一段時間……？

我到底躺在床上多久了啊？

「我好怕……」

「不要緊的，有我陪著你。」

希露菲握住我的手的力道變得更強。
只是這樣，恐懼就稍微變微弱了。但我還是好怕。
當我這樣想時，看到房間裡陸續有人走進來。
紅頭髮的孩子、藍頭髮的孩子、金髮的孩子。有年輕人、中年人以及老年人。他們像是要把我在睡的床圍起來那般排排站著。每個人的長相好像都曾在哪看過。
「來，魯迪。大家都來了喔。」
「啊啊……」
但是為什麼？我一個人的名字都想不起來。
啊，有一個人我知道。從最後面緩緩走進來，關上房門的那名人物。
個頭嬌小的藍髮少女。髮型是辮子頭。依然沒變呢。
「洛琪希。」
「…………魯迪。」
當我說出她的名字，她一瞬間露出了泫然欲泣的表情。
但是，她立刻走到希露菲身邊。然後，溫柔地撫摸著我的頭。
「魯迪，辛苦你了。」
「謝謝妳，洛琪希……師傅。」
突然間，從我嘴裡說出了師傅這個詞。

洛琪希聞言，淚珠便撲簌簌地滑落。即使她慌忙地擦拭淚水對我露出笑容，嘴角卻沒辦法徹底擺出微笑，而是顯得有些扭曲。

此時，我的腦海浮現一個疑問。

「艾莉絲呢？她不在嗎？」

平常的話總是會率先衝進來的女性，竟然不見人影。

「魯迪，艾莉絲呢，已經先走了喔。」

「去哪？」

「她正在等著魯迪喔。」

噢，原來如此。這樣啊。

「我有陪她走到最後一程嗎？」

「嗯，有喔。雖然連續哭了三天，但魯迪有好好挺過來了喔。」

啊啊，雖然記憶很模糊，但我想起來了。

我記得艾莉絲在過了七十歲後也依然精神奕奕地在鍛鍊。

可是有一天，她跑完步，練完空揮，回來之後，啪的一聲倒在床上，就沒再醒過來了。

當我注意到時，她已經離世了。如果我能早點注意到，要是有幫她施以治癒魔術的話，或許就能治好了，我當時哭得很慘呢……

不過，這樣啊。原來我連這種事情也不記得了嗎？

換句話說，我也已經來日無多了呢……

「對不起。明明你們都專程聚集在這，但我連誰是誰都不記得了。」

「嗯，沒關係的。呃……從那邊開始是我們的孫子，露西的小孩羅蘭德，旁邊的是──」

希露菲一個一個地指給我，告訴我他們是誰。

在這裡的，好像幾乎都是孫子或是曾孫。孩子們現在都上哪去了呢？

對了，大家都已經獨立了啊。現在他們都住在很遠的地方。

「然後，那個紅頭髮，長得與艾莉絲一模一樣的小孩，是亞爾斯的孫女，魯迪的曾孫女菲莉絲。」

「喔喔，是把我叫起來的那孩子吧。」

紅頭髮的孩子顯得有些尷尬。或許是擔心剛才打算把我身上的手環取下來會不會被罵，所以正在害怕吧。可是，我好像在哪裡見過她。

喔喔……對了，是在人神的夢裡。感覺她好像也在那群人當中。

嗯，沒錯。她在，她的確在。雖說年紀比現在大了不少，但確實是她。

「過來。」

我這樣一說，她便用快哭出來的表情站到前面。

「這個，是妳取下的嗎？」

眼見我指向手環，她頓時淚流滿面。

是認為自己免不了一頓責罵，所以才開始哭的吧。

「對不起。因為很漂亮嘛。」

「這樣啊，那這個就給妳吧。」

我這樣說完，她便露出錯愕的表情看著我。

「可以嗎？」

「不過相對的，妳不可以再偷偷地把別人的東西拿走喔。」

「……嗯。一言為定。」

「嗯，好孩子。」

我緩緩伸出手，摸了摸她的頭。她等等說不定會被罵吧，但也沒關係。畢竟寵她也不會追究我的責任。

「大家看起來都很有精神呢。」

「嗯。很有精神喔。」

聽到這句話，我就放心了。

既然有這麼多孫子，這麼多曾孫，那大家肯定都很有活力。

「那就好。我的努力有代價了呢……」

一放鬆，我的手便從菲莉絲的頭滑落。

周圍開始鼓譟起來。不要緊的。我不會突然就這樣死掉的。只是會再當個一陣子的沉睡老人。

正當我如此心想，某人走進了房間。

他個頭很高。而且有著銀髮，恐怖的長相。

「魯迪烏斯。」

「……奧爾斯帝德大人。」

他剛踏進房裡的瞬間，房間的氣氛就變了。

緊張？警戒？不，是更加和緩的氣氛。

這是安心與信賴。

「您已經不用戴頭盔了嗎？」

「嗯。因為一戴，你的孫子又要哭了。」

奧爾斯帝德如此說完，周圍頓時哄堂大笑。像是「已經不會哭了啦」還是「以前可是嚎啕大哭呢」之類的聲音此起彼落。

「你直接露臉也已經不會讓人害怕了呢。」

「不，詛咒依然存在。只是因為你的孩子以及孫子不受影響。」

奧爾斯帝德的臉與當初剛見面時相比，顯得穩重了許多。儘管長相可怕這點依然沒變，但應該說是放鬆了吧。

「話說回來，奧爾斯帝德大人。」

「怎麼了？」

「剛才取下手環時，我夢見了人神。」

「……你成為使徒了嗎？」

「這個嘛，很難說呢。畢竟那有可能真的只是一場夢……萬一我成為使徒，您會怎麼做？會像平常那樣殺掉嗎？」

「嗯，那當然。我對叛徒可是很嚴厲的。」

奧爾斯帝德雖然一臉正經地如此說道，但我立刻就知道他是在開玩笑。

因為周圍充滿笑聲，奧爾斯帝德也沒有發出殺氣。

雖然我覺得這種話不該在一個臥病在床、奄奄一息的老人面前說啦……但說不定是他的招牌笑話。

「在那場夢裡，奧爾斯帝德大人戰勝了人神，人神也遭到了封印。」

「是場好夢。」

「嗯，非常好呢。」

說不定，那是未來會發生的事情吧，畢竟很有真實感。

不過，夢境這種東西總是充滿著真實感。

「請您努力，讓這個夢境實現吧。」

奧爾斯帝德以嚴肅的表情點頭。

不愧是相處了將近五十年，我現在也能夠清楚看懂他的表情了。

「一直以來，辛苦你了。你就安心地睡吧。」

「哈哈……現在要睡還太早了。」

我想再稍微醒著。

感覺不壞。身體雖然不太能動，但曬著太陽的這種溫暖感覺很舒服。

「我會再、醒著一陣子。再一下……就好。」

就算醒著，其實也沒有什麼事情特別想做。我只是想再看一下，再看一下在這裡的人。

就這樣而已。

要說的話，沒錯，就只是有點依依不捨。

只要再一個小時或兩個小時，不然只要再十分鐘就好，我想就這樣看著他們。

並不是有什麼事情需要交待。

沒有任何留戀。也沒有任何後悔。

只是覺得現在的這種感覺，有點舒服。就只是這樣。

「再一下下……」

我如此心想，同時垂下了眼皮。

漸漸地、漸漸地垂下。最後，我看見了長得很像艾莉絲的那孩子。

看見了希露菲與洛琪希的臉。

然後閉上了眼睛。

就這樣，我的意識消失了。

第二話「三十四歲」

我醒了過來。

感覺作了不可思議的夢。

該怎麼說，是個很幸福的夢。

夢裡有希露菲與洛琪希。雖然艾莉絲不在，但有個很像艾莉絲的孩子。

雖然是輕飄飄的夢，但我記得很清楚。

是我死去的夢。沒來由的，我知道自己在那之後就不會再醒過來了。可是，那種感覺並不壞。雖說這是第二次真的死去，但是與第一次相較之下，根本是天壤之別。

「嗯？」

我猛然一看，一位少女正握住我的手，全身僵硬。

那是藍色頭髮的少女。她把後面的頭髮綁成了一條辮子，右手正放在我的手上，左手則是握著手環。她的表情，就像是被蛇盯上的青蛙。

「……對不起。」

突然就道歉了。做了壞事立刻道歉，想必是教育的成果吧。

「妳想要嗎？」

「……不是。因為我告訴姊姊，爸爸的手環底下藏著非常帥氣的徽章。」

「哦？」

當然，那種隱藏的徽章並不存在。因為我並非天選之人。

不過仔細一看，拿著手環的她旁邊。可以看到邊桌上放著一枝筆。在我睡前應該沒有那種東西。

「妳打算畫上去嗎？」

「………對不起。」

想把謊言化為現實的行動力。到底該誇獎她還是該責備她呢？不，現在還是該發脾氣吧。嗯。

因為父母對女兒有教育的責任。唔嗯。

「菈菈，騙人是不對的喔。去向姊姊道歉。」

「好……」

我輕輕地摸了她的頭後，菈菈便用沮喪的表情走出了房間。

當她離開房間時，我看見了巨大的白色毛球。看來雷歐是在房間外面把風。

我想把手環戴上，此時，眼睛突然停在筆上。

我用那枝筆在自己手上畫了米格路德族的徽章，然後走下床。

「唔——……頭好痛……喝太多了。」

或許是因為昨天宴會的影響，也可能是剛才那夢境的緣故，我按著莫名疼痛的頭。

★ ★ ★

在畢黑利爾王國的戰鬥結束後過了約十年的歲月。

我今年邁向了三十四歲。

這十年來非常和平。之所以會這樣，是因為人神沒有出手妨礙。真的自從那場戰鬥以來就猛然中止了。最近這幾年，我過著連人神的人字都沒看到的生活。

當然，我並沒有解除警戒。

我一邊警戒著不知會在何時何地以哪種形式發動的攻擊，同時和以前一樣，持續為了對抗拉普拉斯做好準備。

話雖如此，少了人神的干預，事情就進行得一帆風順。

在最初的五年，我就向世界各國統統知會了一聲。

雖然也有些國家不願意，但基本上所有國家都同意在將來與拉普拉斯開戰的那天給予協助，並為此進行準備。

所以，現在魔法大學與阿斯拉王國正致力於無詠唱魔術的研究與指導，並在各國的軍部針對拉普拉斯可能會採取的戰略、戰術指導相關對策。

與此並行，我隱瞞了「魯迪烏斯」這個名字，以「塞倫特・賽文斯塔」這個名字在活動。

儘管不清楚七星從前闡述的假設是否正確，但我採納了她當初提的「考慮到朋友如果從原本的世界過來的話，希望能提供線索讓他找到自己」這個意見，正在宣傳她的名字。

雖然這也同時導致她惡名昭彰，不過應該沒問題吧。

反正當前是以知名度為優先，如果是來自異世界的人，想必會知道我以她名義做這種事的用意，應該說會了解這樣比較方便才對。

最近為了提高奧爾斯帝德的魔力恢復速度，我在研究魔力恢復劑。姑且是成功做出了可以恢復魔力的恢復藥，但不知為何奧爾斯帝德的魔力就是沒有恢復。是人族與龍族的魔力性質不同嗎？還是說有其他理由呢？雖然想再稍微進行一下研究，但我總覺得這個方向大概不可行。

總之，因為恢復藥本身成為了大熱門商品，所以也不是完全白費功夫就是。

其他還有許多事情等著去做。所以我暫時還沒有時間休息。

孩子們都長大了。

露西十七歲。

菈菈十五歲，亞爾斯十三歲。齊格應該是十一歲吧？

大家都很順利地成長茁壯。

後來，又生了兩個孩子。

與洛琪希的小孩，莉莉．格雷拉特。

與艾莉絲的小孩，克莉絲蒂娜．格雷拉特。

兩個都是女孩子。

六個兄弟姊妹。兒女滿堂。

在露西七歲時舉行了家庭會議，決定好大略的教育方針。

話是這樣說，但頂多也就是讓她從七歲就進入魔法大學就讀，畢業後慶祝她成年，再讓她去阿斯拉王國的國立大學就讀三年這樣。

儘管我主張最好別對孩子強求什麼，但是像受教育的場所、應該前進方向的指標這類，我認為還是得先幫他們準備好。

讓我的孩子進入阿斯拉王國的國立大學就讀，是愛麗兒堅決提出的要求。

畢竟我欠了愛麗兒很大的人情。

「我要與格雷拉特家結下血緣關係，找一個人和我結婚吧！」

要是她提出這種要求，我當然也會拒絕，但如果是希望孩子去那裡就讀的這種小事，自然沒辦法說不。我希望能慢慢地還她人情。

順帶一提，愛麗兒在畢黑利爾王國那場戰役之後，就產下了子嗣。

由於對方權力過高，兩人沒有結婚。聽說她後來還在後宮裡面帶進了大量男性。現在愛麗兒有五個孩子，其中有四個人不知道是誰的，害路克鐵青著臉對此苦惱。

在這種狀態下，還能知道其中一個父親這點反倒令人存疑……現在仔細想想，說不定那個已經釐清的父親就是路克。

愛麗兒的下個計畫，似乎是要把我的孩子與那五人當中的某人湊合在一起。就我個人來說，很討厭孩子被利用在政略上，但如果當事人在成年之後彼此都能同意就允許吧，我是這樣打算的。

孩子們還很年幼，但我感覺得出每過一年他們就會逐漸成長。

尤其像露西，已經是個出色又具有判斷力的大人。

話雖如此，要說大人這邊更加成熟，其實也很難說。

老實說，我不曉得自己有什麼變化。每當以為把缺點改善了，又會跑出新的缺點，或是原本改善的部分再度惡化。感覺就像是一直重複同樣的事，唯獨年紀不斷增長。

唯一能知道的就是臉正在年年老去。最近連法令紋之類的也出來了。

希露菲雖然對我說「這樣也很不錯喔」，但或許是因為希露菲的外表還很年輕，總覺得對她過意不去。

希露菲看起來也慢慢地在增加年紀。

然而，她明明與我同年，樣貌的變化卻很緩慢。

因為我們年紀相同，她今年應該邁入三十四歲了，可是看起來才只有二十歲上下。皮膚也是晶瑩剔透，明明生了兩個孩子，屁股依然很小。抱起來也是一如既往地舒服。

但是，她的內在已經完全變成了一個大媽……母親，嘮叨的次數變多了。

洛琪希沒有變。

不只外表沒有改變，就連言行也沒什麼變化……她聽到我這樣說就會生氣，但這是在稱讚她。

每當我有不對的地方，她依然會以師傅的立場指導我。儘管依舊有冒失的地方，但總是百折不撓。畢竟人就是要從失敗中成長。

艾莉絲呢，以外表來看是改變最多的吧。和我一樣，慢慢地留下了歲月的痕跡。

只不過，或許是因為她從未荒廢每日的鍛鍊，看起來比我年輕許多。皮膚的年齡大概才二十七八歲左右吧。

雖說生完第二胎後性慾減少了許多，但偶爾還是會襲擊我。

與希露菲相反，她的內在反而沒什麼改變，但因為現在會教導孩子們劍術，感覺沒有以前那麼凶暴。

她變得更會忍耐了。

雖然擅自摸她屁股或是胸部仍然會挨揍，但這也是理所當然的。

莉莉雅與塞妮絲，看起來明顯老了許多。兩個人雖然都還很有活力，但莉莉雅或許是原本腳就不好，開始出現了腰痠背痛的毛病。

用治癒魔術是治得好，但每過三個月就會復發。要完全治好似乎相當困難。

其他人也同樣慢慢地上了年紀。

不管札諾巴還是克里夫，都完全是個大叔了。他們各自都有工作及家庭，到處奔波。若是有誰發生了問題，我們也會互相幫助。

諾倫與愛夏，也各自出嫁了。

兩個人的對象都是有點複雜的人物……不過關於這點，我也在與當事人好好談過之後就接受了，事到如今不該由我說三道四。

「……」

不過話又說回來，三十四歲啊。

這個年齡讓我有特別的感觸。

★★★

某天中午，我造訪了某個地方。

那是位於郊外的一處略為隆起的山丘上，整齊地排列著圓圓石頭的地方。

是墓地。

「您好，多謝您一直以來的照顧。」

一如往常，我向待在入口的守墓人道謝後，便走向裡面。

這十年來，這座墓地的墓碑也變多了。儘管人就是生來死去，但墓碑沒什麼減少。

如果是在其他墓地，一旦家庭成員全都亡故，也有可能會拆掉墓碑，但這裡是貴族用的墓地，只要家門沒有沒落，墳墓就不會消失。

而且，拉諾亞王國與魔法都市夏利亞正在慢慢地累積實力。

伴隨這點，貴族的人數就會增加，墳墓自然也會增加。

我站在一顆石頭前面。

「保羅．格雷拉特」。

寫著這個名字的圓形墓碑與當初立下時相比，顯得相當老舊。

我用帶來的清掃工具打掃了墓碑周圍，擦亮了墓碑。

接著，我在墳前供酒，雙手合掌。

我也很久沒來這裡了。

以前一有機會都會來這，報告各種大小事情，最近就變得很少來了。

雖說每年全家還是會來掃一次墓……

不過該怎麼說呢，是心情上的問題吧。

每年一度的掃墓，我感覺與其說是來見保羅，不如說是因為有這種例行公事才來的，最近這種印象慢慢變強了。

想必是因為感謝的心意不足。

「父親，大家都過得很有精神。」

我開頭先這樣說後，再報告目前的近況。這也是每年都會做的事情，總之先照舊吧。

「我今年就三十四歲了。」

三十四歲。那是前世的我死去的年齡。

好像才沒過多久，我就到了這個年紀。

不過，這是為什麼呢？感覺到三十四歲所花的時間比前世還要漫長。

難道是因為有許多事情要做嗎？或者是因為與前世相比更常活動的緣故？

「只不過，明明才三十四歲，我卻作了自己在七十四歲死去的夢。」

那個夢到底是怎麼回事？

只是單純的夢嗎？還是說，那是人神讓我看到的未來？

人神遭到封印，我一臉滿足地迎接了死亡。

因為在那個瞬間，菈菈也正好脫下我的手環，所以人神確實也能介入。

「如果，那個是真正的未來……」

假如那個是人神讓我看到的景象，說不定那就是我一直努力到現在的成果。

在畢黑利爾王國的那場戰役，我們贏得了勝利。那就是真正的最後之戰，人神失去了贏過我與奧爾斯帝德的手段。因此，人神終於放棄了。

畢竟這十年來人神都沒有出手阻礙。

什麼都沒了。

說不定，他其實在背地裡暗自行動，但如同基斯與巴迪岡迪當時說的一樣，真的是無聲無息。偶爾甚至會讓我忘記自己是為了什麼而行動。

「意思是，我已經可以不用再努力了吧？」

如果人神真的放棄了，如果我的工作已經結束了，我認為就算把現在的工作量減半，稍微過個慢活也不錯。

大概三天一次，與妻子一整天努力生小孩，或是教導孩子們各式各樣的事情……

感覺就算過著那種隱居生活也不錯。

「開玩笑的。」

我哼笑一聲。

也太蠢了。假如人神真的放棄了，那又怎麼樣？

我又不是百般不情願才在做這份工作。現在也不會特別辛苦。為了引導奧爾斯帝德邁向勝利，為了往後的戰鬥而做準備。我其實相當樂在其中。

當然啦，也有痛苦的事情或難受的事情，但不至於讓我想逃離這一切。

我有該做的事情、想做的事情，也有想嘗試的事情。

基本上，讓我認為已經沒問題了的這種想法，或許就是人神的策略。

「父親，我今後也會繼續努力的。」

我只要照以往的步調做下去就對了。

那是夢。是從願望當中誕生的如意美夢。就這樣認為吧。

「請祢保佑我。」

我說完一如往常的這句話，再度雙手合掌。

「……」

既然有我這種存在，想必也會有所謂的死後世界存在吧。

話雖如此，保羅不一定就在這座墳墓。他肯定是在其他場所過得快快樂樂的。所以，來這裡或許並不是什麼有意義的行為。

不過，這樣就好。這是個儀式。這樣我從今天開始，又可以努力地活下去。

在保羅的墓碑面前這樣發誓才是我的重點。

「順便也幫基斯……」

基斯的墓碑就在保羅的旁邊，我把供品放在墳前，雙手合掌。

雖說我不知道基斯究竟是怎麼想的，不過，那傢伙也不是真心期盼看到我破滅吧。

「有什麼怨言，我四十年後再聽吧……不過，我可能會活得更長命，也有可能會更早死就是。」

我不打算美化基斯的死，但經過了十年，有些事情也慢慢地被沖淡了。

而沖淡之後的結果，回想起來的就是笑容。

基斯無時無刻都是嘻嘻笑著，嘴上掛著忌諱什麼的。

一想起那張笑臉，到了現在就只會認為那是美好的回憶。

沒有一個重要的人因為基斯而死，我對他也沒有怨恨。

所以在他死之後，我才能像這樣來祭拜他。

「好啦，我下次再來。下次大概會和家人一起過來。」

我這樣說完，挺起身子。

雖說作了奇怪的夢，但也沒什麼特別的改變。我只要把自己該做的事做好，同時去做自己想做的事。

我一邊這樣想著，一邊提腳邁向家人等待的家中。

最終話「死後的世界」

然後，當我回過神來，已經處在白色的房間。

「嗨。」

「唷。」

在這裡的馬賽克傢伙，一如往常地有精神。

當然，他既沒有遭到封印，也沒有消沉。

與從前一樣是馬賽克。

「也就是說，四十年前我看到的那個，是未來視的力量嗎？」

「沒錯。」

人神一如往常。話雖如此，自從上次看到他後已經過了四五十年。

人神的「往常」已經被留在記憶的彼端。只是我還記得，一開始相遇時他給人的態度應該沒這麼不客氣。

「我還以為讓你看到那個，你就會稍微放慢步調呢。」

「那你的期望落空了呢。」

「沒關係。反正本來就是死馬當活馬醫。」

我的意志可沒有薄弱到會因為那樣的一場夢就放棄目前為止所做的事情。

不過，若不是以夢境的形式，也並非完全沒有放棄的可能性就是。

「不過話說回來，原來你長這副德性啊。」

聽他這樣一說，我望向自己的模樣。

猶如脂肪聚集體那樣的身體……並不是。

不知不覺間我的模樣已經變了。有經過些許鍛鍊的肉體浮現出肌肉的線條，腹部沒有多餘的贅肉，不知道是不是心理作用，身體感覺可以動得很輕快。是我在這個世界熟悉的身體……

這是魯迪烏斯・格雷拉特的身體。

雖然看不到臉無法確認，但感覺也沒有那麼年邁。

「你不知道嗎？」

「是啊，因為我的眼睛是直接看到靈魂嘛。雖然知道你的身體與靈魂不一樣，但這還是第一次親眼看到。」

到了現在才聽說這個新的真相。不過仔細想想，我也不知道人神的長相。

所以是彼此彼此。

可是，為什麼事到如今我的身體才變成這樣。

不……也用不著說明了。

「不管怎麼樣，這樣你就玩完了。」

「……是啊。」

因為我已經死了。

享年七十四歲。

最後的瞬間，雖然模糊但我還記得。我被孩子還有孫子包圍，感覺是很幸福的最後。

至少與前一次的最後相較之下，可說是天壤之別。和那種孤獨、無力、悲慘、令人想哭的最後相比的話……

「既然你不在了，我行動起來也比較方便。」

「這樣啊。」

「在你還活著時不管我做什麼都沒用。所以我也稍微思考了一下喔。模仿你的手段，一點一點地增加協助者。」

「原來你還沒有放棄啊。」

聽我這樣一說，人神的氛圍就改變了。

那是憤怒的氣息。

「那當然啊。你如果知道自己會遇上那種未來，有辦法放棄嗎？一直都是一個人，什麼都做不到，什麼也看不見。必須要在這種狀況下度過一萬年，甚至是十萬年。明明知道自己沒辦法忍受，那為什麼還能放棄？」

嗯，說得也是。

雖然我沒想像過事態會如此浩大……

不過，我稍微能夠理解。現在什麼都不做的結果，會導致自己變得如何。會有什麼的未來在等著自己。既然知道自己會後悔的話，自然不可能什麼都不做就讓時間過去。

「也對，是沒辦法放棄吧……」

「…………你為什麼一臉心平靜氣的？難道你以為已經贏了嗎？」

「你還有對策嗎？」

「嗯，我現在也知道奧爾斯帝德一直在這兩百年輪迴了。你生了太多子孫，我已經想到能利用這點的方法。這個準備動作，也在這五十年完成了……」

「這樣啊。」

「你明白我說的話是什麼意思嗎？我會反過來利用你所創造的構造，扭轉整個戰局。我要在你不在的世界，用你準備好的東西拿下勝利。而你什麼都辦不到。畢竟你已經死了！你無法阻止自己的子孫反目成仇、自相殘殺。也無法哭著向我乞求『別再這樣了！』。不僅如此，你甚至看都看不到！」

對於一臉喜悅地說著這番話的人神，我只是搔了搔臉頰。

順便也抓了後腦杓。雖然我並不會癢。

我只是不太清楚到底該如何反應才好。

「這樣啊。」

看到我的反應，人神不禁氣得跺腳。

「你是怎樣啊……！」

他一邊氣得瘋狂跺腳，同時發出了暴躁的聲音。

「為什麼你可以這麼心平靜氣！」

「呃……因為我已經死了啊。」

我不假思索地回答後，人神頓時啞口無言。

我閉上眼睛，回想起所有往事。

我在這個世界，做了想做的事。

結了婚，也交了朋友。生了孩子，也有許多孫子。工作也很努力。

確實，我聽到人神說了將來的事情後是感到不安沒錯，內心也有一部分認為自己應該還能做更多事情。

可是不知為何，出奇的是我並不後悔。

不，應該說已經沒有掛念了吧。儘管還是會有不安與擔憂，但我並不會去想該怎麼辦才好。

聽完人神剛才說的那番話，就想要設法復活去幫助孩子們什麼的……我並沒湧現這種心情。

雖然這是我的猜測……但想必是因為我認為不論孩子也好孫子也罷，之後都會自己想辦法解決。

如同我自己曾經歷過的那樣，我相信孩子們也一樣會認真地面對自己所遇上的問題，並努力去克服。

我緩緩地走向人神。

人神比我想像中還來得嬌小。或許是因為以前彼此都沒有靠得太近，所以一直不是很清楚大小吧。

「我已經滿足了。」

我活得夠好了。

我不認為一切都很完美，大概也多少還有一些事情想做。閉上眼睛，想起來的也並非盡是美好的回憶。失敗的記憶、成功的記憶，兩種都還留在心裡。

即使如此，我也不打算重頭來過。

我已經死了。

我的工作就到此結束。

今後的事情，交給還活著的人就行了。

明明現在站在眼前的這傢伙揚言要傷害留下來的人，這種想法也實在奇怪。但也沒辦法。因為我的內心現在平靜得不可思議。

「噯，人神。」

「……」

「有句話，我之前好像就打算告訴你了。」

「……怎樣？」

「其實，我沒有那麼討厭你。」

我感覺人神露出了厭惡的表情。

當然，或許是因為我在這個時間點是贏的，所以才會這樣想。

希露菲與洛琪希都還活著，孩子們目前也都平安健康。

艾莉絲雖然先走了，但那是陽壽已到。並不是人神害的。

當然，只要有些許改變，我到最後肯定會對人神恨之入骨。

也有可能如同來自未來的我一樣，變成只為了殺死人神而存在的機器。

他死的時候，想必沒辦法有如此平靜的心情吧。

所以現在的我就結果來說是這個樣子，就只是這樣而已。

「你在說什麼啊……？」

「我也不是很清楚，但我的心情現在之所以會如此平靜，感覺也要歸功於你。要是沒有像你這種明確的敵人，我也不會這麼滿足。」

嗯，也對。

要是沒有人神，我八成在二十歲左右就會開始擺爛了。

與希露菲結婚，普普通通地工作，普普通通地努力。

普普通通地結束人生，普普通通地滿足，然後死去。

肯定是這種感覺不會錯的。

雖說這樣的人生也不錯，但絕對不可能得到像現在這樣的滿足感。

就算在死前不至於後悔，但說不定會覺得想要再重來一次，想要再重啟人生，想要再回到那個時候。

正因為有著明確的敵人、明確的目標，我才能努力不懈，一直到死為止。

這個結果，造就了現在的我。

「……就算你說這種話，我也不打算手下留情喔。」

「啊……不，嗯。我不是抱著這個打算才說這種話的……」

該怎麼說呢。

我其實沒有什麼話想特別告訴人神。

只是不討厭，但也算不上特別喜歡。當然，更不是想要向他道謝。

「……」

「……」

所以，對話在那之後就中斷了。兩人之間瀰漫著一股尷尬的氣氛。

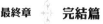

這時，我突然想到一件事。

「……為什麼我會來到這個世界呢？」

我喃喃這樣說了一句。

「我哪知道。」

人神也喃喃地如此回答。

「你真的什麼都不知道嗎？」

「要是知道，我就事先阻止了。你真的是突如其來就出現的。突然到那起轉移事件發生之前，連我都沒注意到。」

「哦……」

到頭來，在我活著的期間依然沒辦法釐清轉移事件的真相。

畢竟七星提出了奇怪的假設，今後或許還會發生什麼事……

「如果是有人讓我轉生的，就幫我向那傢伙道謝吧。」

「……才不要。」

「我想也是。」

被無情地拒絕了。

也對，畢竟對人神來說，肯定是非常想向他抱怨吧。

「話說，我之後會怎麼樣？我想我確實是死了沒錯。」

「誰知道呢。」

人神依然煩躁地看著這邊。

「一般來說，靈魂會還原為魔力，和其他魔力混在一起之後，再重新構成其他東西。但你是異世界的人，我也不曉得會變成怎麼樣。」

「這樣啊。」

原本以為死後能見到保羅或是基斯，看來是沒辦法啊。

雖說是理所當然，但還是很遺憾啊……不過，反正骨頭應該都是埋在同一個地方，就滿足於現狀吧。

「……」

仔細一看，身體正在慢慢地變淡。

這就是還原為魔力嗎？

這就是這個世界的死嗎？

說不定這個世界的其他居民，死前都會來到這個白色的房間。

不過，如果人神不想跟他們見面，想必都只會在白色的房間等待著消失吧。

這樣一想，人神就相當於閻羅王嗎？

在別人死去時嘻嘻竊笑，嘲笑別人的一生……真是討人厭的閻羅王。

「嘖……」

然而，人神並沒有露出平常的賊笑。
不僅如此，他還無法隱藏內心的煩躁，頻頻抖腳。
他原本是想看著我在消失的同時感到懊悔，炫耀自己的勝利……由於這想法到頭來撲了個空，所以才心浮氣躁的吧。
真的是討人厭的傢伙。
「……」
我站在那樣的人神前面。
「總之，雖然這種話可能不該由我來說，不過……」
我很自然地把手輕輕放到他的肩上。
「接下來，你要加油喔。」
他會生氣吧……
本來我這樣想，但人神卻像是嘆了口氣，垂下了肩膀。
接著，整個人像癱軟一樣坐在地上。
「…………」
後來就默不吭聲了。
我低頭看著那樣的人神，同時環視周圍。這裡依然是一片蒼白。
什麼都沒有。

接著，我的身體也即將消失了。
意識逐漸地淡去。
會回到原來的世界嗎？
或者，會在這個世界變成其他存在呢？
記憶會留下來嗎？還是不會呢？
我不知道，但不論是什麼樣的形式都無所謂。
就算意識與記憶留了下來，就算出生在比現在，比前世還要來得更加、更加嚴苛的環境，我也一定能活下去。

「我走啦。」

最後的一句話。
在逐漸稀薄的意識當中，我穿過人神的旁邊，邁出步伐。
不再回頭，筆直地往前走去——

《無職轉生　～到了異世界就拿出真本事～》　完

無職轉生

到了異世界就拿出真本事

「阿斯拉王國人物錄　『魯迪烏斯・格雷拉特』」

魯迪烏斯・格雷拉特。

這個名字非常有名。

如今，在世界各地的每個地方都刻著這個名字。

不經意看到的文字上面就寫著魯迪烏斯・格雷拉特，想必各位也有許多人有這種經驗。

被設置在各國的轉移裝置一隅、在全世界販賣的新版魔術教本卷尾、街道上某座橋的角落。確實在形形色色的場所都存在著他的名字。

現在活著的人，想必絕大多數都看過他的名字吧。

然而，實際上他是什麼樣的人物呢？許多人被這麼一問，都會頓時歪頭。

某些人認為「他是代表甲龍曆四〇〇年代最強的魔術師」。

某些人認為「他是讓學校教育煥然一新的學問之神」。

某些人認為「他是為繪畫、人偶以及玩具等文化帶來革命性影響的知識分子」。

話雖如此，紀錄當中卻鮮少提到他是一個人推動某事，從而留下功績的。

提到魔術就是塞倫特・賽文斯塔，提到教育就是洛琪希・M・格雷拉特，提到藝術就是札諾巴・西隆，在這些領域當中，這些人的名字比魯迪烏斯・格雷拉特更為響亮。

因此，也有一部分的人認為「他是擅長討好強者的跟屁蟲」、「投靠有才能的人，掠奪名譽的詐騙分子」。

甚至還有人主張「魯迪烏斯並不是人名，而是在魯德傭兵團立下豐功偉業之人才會被授予的稱號。因此不只一個人」。

魯迪烏斯・格雷拉特。

儘管眾說紛紜，但毋庸置疑的是他在這個世界達成了某個目的，帶來了巨大的影響。

然而，這些事情往後也會慢慢地不再被世人提及，就此被人們遺忘在記憶的彼端吧。

這顯然會讓我們損失一個有著歷史性價值的情報。

為此，我決定在阿斯拉王國資料室追加製作魯迪烏斯・格雷拉特個人的項目。

「甲龍歷四八五年　阿斯拉王國資料室　室長　杰德・布魯沃夫」

■　■　■　■　■

魯迪烏斯・格雷拉特

●「概要」

魯迪烏斯・格雷拉特（甲龍歷四〇七年——四八一年）是拉諾亞王國的魔術師。於四三〇年成為了七大列強「第七位」。

與洛琪希・M・格雷拉特及塞倫特・賽文斯塔並列為代表四〇〇年代的魔術師之一。

別名有「泥沼」、「龍神的左右手」、「魔導王」、「大魔導師」、「無詠唱」等。

此外，還有大幅提高中央大陸全土識字率的「學問之神」。

另一方面，由於在戰鬥中過於膽小，也被稱為「膽小鬼」、「低頭」、「弱雞」、「脫兔」之類。

於晚年擁有各式各樣的名字，因此也被稱為「七名之魯迪烏斯」。

●「生平」

・幼年期

甲龍歷四〇七年，於阿斯拉王國菲托亞領地的布耶納村，以阿斯拉王國下級騎士的父親保羅（三八八年——四二三年）與前冒險者的治癒術師，母親塞妮絲（三九〇年——四五九年）的長男出生。

據說年幼的魯迪烏斯在三歲時就能操控中級魔術。父親保羅對他的才能寄予期望，聘請洛琪希・米格路迪亞（三七三年——）擔任他的家庭教師，施以斯巴達教育的結果，使他在五歲就成為聖級水魔術師。

之後魯迪烏斯雖然發揮出凌駕師傅的才能，但至死為止仍舊尊敬著其師。

七歲時，當時菲托亞領地的領主伯雷亞斯・格雷拉特家相中他的才能，聘請他擔任家庭教師。他在教導艾莉絲・伯雷亞斯・格雷拉特（後來的狂劍王艾莉絲）魔術的同時，也開始用土魔術製作人偶。

儘管他展現出不像小孩的才能，但因為連十歲生日都無法見到父母一面，據說讓他當時流下與年紀相符的寂寞眼淚。

四一七年，轉移事件發生，與艾莉絲一同被轉移到魔大陸比耶寇亞地區。

在那裡，他與當時被稱為Dead End，令人聞風喪膽的瑞傑路德・斯佩路迪亞結為同伴，成為了冒險者，踏上從魔大陸前往中央大陸阿斯拉王國菲托亞領地的旅程。

這時，據說他遇上了日後成為一生摯友的札諾巴・西隆與克里夫・格利摩爾。

十三歲時，將艾莉絲送回菲托亞領地後，便為了尋找下落不明的家人前往中央大陸北部旅行，以冒險者「泥沼的魯迪烏斯」之名而廣為人知。

・學生時代

四二二年。移居到拉諾亞王國魔法都市夏利亞，在吉納斯．哈爾法斯的推薦下就讀魔法大學。降伏了莉妮亞．泰德路迪亞、普露塞娜．亞德路迪亞、塞倫特．賽文斯塔以及不死身魔王巴迪岡迪，博得了魔法大學最強魔術師的名聲。

翌年。十六歲時，與身為愛麗兒．阿涅摩伊．阿斯拉的護衛，從以前就有交情的魔術師希露菲葉特結婚。這時，他選擇在魔法都市夏利亞扎根，度過一生。

同年，收到在貝卡利特大陸的父親保羅傳來發現母親塞妮絲的聯絡，啟程旅行。

在塞倫特．賽文斯塔的協助下，使用了偶然遺留下來的轉移魔法陣，前往貝卡利特大陸。與保羅、艾莉娜麗潔．杜拉岡羅德、塔爾韓德、基斯以及洛琪希．米格路迪亞一同攻略轉移迷宮，成功征服。

與迷宮之主魔石多頭龍的戰鬥中，父親保羅死亡。儘管救出母親塞妮絲，但她卻因為轉移的影響陷入了喪失心智的狀態，導致魯迪烏斯被推入了失落的深淵。

將他從失落的深淵拯救出來的，是其師洛琪希．米格路迪亞，在這件事後，魯迪烏斯將她迎娶為第二名妻子。

四二五年，於夏利亞近郊的森林之中，與艾莉絲．伯雷亞斯．格雷拉特一同迎戰龍神奧爾斯帝德。

在這場甚至夷平了一座森林的戰鬥最後，他敗北了。就此成為奧爾斯帝德的部下。

儘管戰鬥的理由不明，但有一說是龍神奧爾斯帝德打算殺害愛麗兒．阿涅摩伊．阿斯拉，魯迪烏斯是為了保護她。

另外，在這場戰鬥之後，他迎娶艾莉絲．伯雷亞斯．格雷拉特成為第三名妻子。

同年，他以愛麗兒．阿涅摩伊．阿斯拉同盟者的身分參加阿斯拉王國的內亂。

與北帝奧貝爾・柯爾貝特、北王維・塔以及水神列妲戰鬥，並且拿下勝利，被視為是讓愛麗兒・阿涅摩伊・阿斯拉成為國王的重要推手。

四二七年，於魔法都市夏利亞設立「魯德傭兵團」。

儘管就任會長的職位，但所有實際業務都委任妹妹愛夏處理。

二十歲時，與札諾巴・西隆一起作為帕庫斯・西隆的同盟者，參加了西隆王國防衛戰。

於卡隆堡壘與北方的軍隊交戰。據說，魯迪烏斯在這場戰爭所殺害的人數超過了一萬人。

四二九年，於魔法大學畢業後，與克里夫・格利摩爾一同前往米里斯神聖國。

當時的事情並沒有被詳細記錄，但據說他在此時與神子深交，並盡心盡力地協助克里夫・格利摩爾於米里斯教團中擔任要職。

四三〇年，與龍神奧爾斯帝德一起參加了畢黑利爾王國之戰。

在戰爭中擊倒北神卡爾曼三世，成為七大列強第七位。

・七大列強時期

成為七大列強後，魯迪烏斯便不在世人面前露臉。

現在他的知名度比同年代的偉人要來得低，也是基於這個緣故。

（如果要論知名度，幾乎是與魯迪烏斯像是交接那般出現的「七星魔女」塞倫特・賽文斯塔，或是日後成為魔法大學校長的洛琪希・M・格雷拉特更高。）

因此，他是七大列強第七位一事鮮為人知。

儘管也有說法認為魯迪烏斯已於畢黑利爾王國之戰死亡，後來出現的人是影武者，再不然就是只有名字，但由於留存著他與愛麗兒國立大學創立有關的紀錄，這類說法立刻遭到否定。

魯迪烏斯從世人眼前消失是打算做些什麼，其真相依然不明。

根據文獻，他作為龍神奧爾斯帝德的部下，與人偶商會會長札諾巴・西隆、米里斯教團教皇克里夫・格利摩爾、米里斯教團神子、阿斯拉王國國王愛麗兒・阿涅摩伊・阿斯拉、王龍王國的死神藍道夫、大森林的德路迪亞族以及魔大陸的不死魔王阿托菲等人關係匪淺，為了迎戰在八十年後復活的拉普拉斯，打算讓整個世界團結起來。

另一方面，也有文獻記錄他是打破禁忌，讓轉移魔法重現於世，企圖利用其便利性征服世界的大罪人。

・死亡

四八一年，由他的妻子希露菲葉特・格雷拉特發表了死亡的消息。

死因為衰老。他躺在自家床上，彷彿沉睡那般結束了七十四年的生涯。

葬禮有五千人趕來參加，可說是史無前例。

這場葬禮當中，比魯迪烏斯更少出現在世人面前的龍神奧爾斯帝德也有出席。

●「使用過的裝備」

一般魔術師會裝備魔杖，擅長從遠距離發動壓制性的攻擊，但據說魯迪烏斯會積極地採取接近戰。

・傲慢水龍王

據說是伯雷亞斯家在他十歲生日贈與他的魔杖。

魔杖材質是來自棲息於米里斯大陸大森林東部的長老魔木的手臂。魔石是群青色的水魔石，是貝卡利特大陸的離群海龍產出的Ａ級品。

製作者是阿斯拉王國的魔杖製作師，權・布羅奇翁。

儘管是把非常強大的魔杖，但在下述的「魔導鎧」完成後便幾乎不再使用。

・魔導鎧「一式」

在札諾巴・西隆與克里夫・格利摩爾等人的協助下完成的魔導鎧原型。

高度將近三公尺。

右手是岩砲彈加特林機槍，左手裝備了盾牌與吸魔石。

儘管會消耗大量魔力，卻能獲得與當時的七大列強同等的攻擊力及防禦力。

這是為了與龍神奧爾斯帝德戰鬥而製造，儘管後來也持續在使用，不過在畢黑利爾王國之戰當中遭到鬥神破壞。

・魔導鎧「二式」

分成手部零件、腳部零件以及身體零件的漆黑甲冑。「一式」的精簡版。

穿在身上就能獲得與聖級劍士相當的身體能力。

・魔導鎧「零式」

據說是魯迪烏斯於畢黑利爾王國之戰使用的決戰兵器。

詳情不明。

・魔導鎧「三式」

據說是魯迪烏斯晚年使用的魔導鎧。

高約兩公尺，性能與「一式」同級。

這具魔導鎧被認為是後來的泛用魔導鎧系列的雛型。

・岩砲彈加特林機槍

無視消耗魔力，將用來釋放岩砲彈的魔杖外型的魔道具捆起而成。

一旦啟動，便會以驚人的速度連射岩砲彈，消耗魔力會使一般人瞬間陷入魔力耗盡的狀態。

製作者是拉諾亞王國的魔道具製作師賈格琳。

・岩砲彈散彈槍

將上述的加特林機槍設定為一次發射十二發。

製作者是拉諾亞王國的魔道具製作師賈格琳。

・**保羅之劍**

愈堅硬的東西愈能輕易砍斷，具有這種能力的魔力附加品。

雖說提到保羅的劍是以此劍更為知名，但據悉這把與保羅在冒險者時期所用的劍並不相同。

●「使用的魔術」

魯迪烏斯精通所有屬性的魔術，但正如「泥沼」之名，據說他特別擅長土系與水系。

儘管會根據戰況使用各種不同的魔術，但主要使用的為下述幾種。

・**岩砲彈**

一般為人所知的中級魔術。

以高速射出拳頭大的岩塊，撞擊對手的魔術。

但是，魯迪烏斯以無詠唱所射出的一擊，具有轟爆不死魔王的威力。

另外，還有爆裂岩砲彈(Stone Shoot)、岩散彈這類變種魔術。

・**泥沼**

堪稱魯迪烏斯代名詞的混合魔術。
據說魯迪烏斯曾生成範圍足以覆蓋整個城鎮的泥沼。

・濃霧

與上述項目相同，堪稱魯迪烏斯代名詞的混合魔術。
據說他曾生成範圍足以覆蓋整座森林的濃霧。

・電擊(Electric)

將王級水魔術「雷光」縮小化，是魯迪烏斯的獨創魔術。
魯迪烏斯會在接近戰運用這個魔術，據說曾一擊讓不死魔族無法戰鬥。

・衝擊波

藉由振動空氣來轟飛對手的風魔術。
魯迪烏斯在接近戰會使用這個魔術，據說是用彷彿會飛在空中的舉動戰鬥。

●「研究」

魯迪烏斯在其一生當中，研究、開發了各式各樣的魔術與魔道具。
此外，據說他也曾對各種研究領域提供資金。

・無詠唱魔術的學習法

據說，魯迪烏斯・格雷拉特自幼年期便能運用無詠唱魔術。其師洛琪希・M・格雷拉特將他使用無詠唱魔術的方式寫成論文，確立了學習方法。這套學習方法在魔法三大國與阿斯拉王國被積極地採納進魔法教育，促進無數優秀魔術師的誕生。

・魔力恢復藥

塞倫特・賽文斯塔接受魯迪烏斯的資金援助，開發了能恢復魔力的飲品。

此魔力恢復藥的開發打破了被魔力的有無左右的魔術師常識，配合上述的學習方法後，甚至被認為「劍士獨霸一方的時代已經結束」，對提高魔術師的地位起了很大的作用。

・魔導義手

魔導義手對無法得到聖級、王級以上的治癒魔術幫助的貧民層以及冒險者帶來相當大的幫助。

據說魔導義手是接受魯迪烏斯資金援助的札諾巴・西隆與克里夫・格利摩爾所研究的。而將其作為治療器具而非魔道具推廣到全世界的則是塞倫特・賽文斯塔。

・魔導鎧

魔導鎧從前被認為只有魯迪烏斯才能運用，但格雷拉特家的三女莉莉・格雷拉特繼承其研究，於四八三年完成了泛用魔導鎧，在討伐大型魔物之際為降低風險起了很大的作用。

・**魔導人偶**

札諾巴・西隆接受魯迪烏斯的資金援助，成功開發了魔導人偶。

這種與人類如出一轍的人偶能夠勝任賞玩、打雜、試毒以及偵查等各種任務。不過由於非常高價且數量稀少，現在只用在與魯迪烏斯有交情的國家王城。

・**轉移魔法陣**

塞倫特・賽文斯塔接受魯迪烏斯的資金援助，研究被視為禁忌的轉移魔法陣，成功將其復活。

由於轉移魔法陣被設置在各國顯眼的場所，使人們不再需要進行漫長又危險的旅行，能夠輕鬆地前往遠方的國度。

魯迪烏斯之所以會觸碰禁忌，據說是為了反省父親保羅在轉移迷宮之死。

據說實際上研究的是塞倫特・賽文斯塔，魯迪烏斯只是出資者，但傳統商人、貴族、米里斯教團的相關人士，不知為何紛紛指責魯迪烏斯為「打破禁忌之人」。

・**筆記與暗號**

上述的研究紀錄據說被寫在名為《魯迪烏斯之書》這系列共五十二集的書籍中，但一切都是以他與塞倫特・賽文斯塔之間所使用的暗號所寫，由於解讀尚未完成，可信度很低。

●「人物」

・身高約一百七十五公分上下，以魔術師來說有著充滿肌肉又結實的體格。皮膚白皙，據說眼睛是異色眼，右眼為預知眼，左眼為千里眼。儘管記述當中並未提及容貌是個美男子，但據稱其妻希露菲葉特在魔法大學與他相遇時，湧起了「只是盯著臉看了幾秒，腰好像就要軟掉了」這種感覺。另外兩名妻子艾莉絲・格雷拉特與洛琪希・M・格雷拉特並未對他的長相做出評論，但普遍認為不會太糟。

・據說服裝偏好無帽的老鼠色長袍風格。年輕時對服裝並不講究，紀錄上有留下他在魔法大學時「穿著衣襬都快被磨破的長袍」，在阿斯拉王國時則是「以奇怪的打扮出現在晉見之間，導致好幾名貴族面有難色」。據說在年過二十之後開始在意起穿著，甲龍王佩爾基烏斯於四三〇年評論說「最近他的穿著變得像樣點了」。儘管對穿著並不講究，但另一方面很愛乾淨，據說他將自家的一室改造成巨大浴室，幾乎是每天都會泡澡。

・魯迪烏斯在當時的夏利亞受到人們畏懼，但他仍然比其他魔術師更加受到敬愛，這點可以從盛大的葬禮與多數的出席者，以及建在魔法大學角落的石碑上刻有魯迪烏斯的名言便可略知一二。

・據說他個性溫厚、親切且擅長社交，但非常地好色。雖然記述中提及他曾在眾目睽睽之下毫不避諱地來回撫摸妻子的身體，但實際上很疼愛妻子，也絕不會對三名妻子以外的女性出手，因此也有部分見解認為好色只是空穴來風。另外，他的個性穩重到即使受到惡言或是暴力相向也依然會掛著微笑，但據說一旦家人或是朋友遭受危害，便會憤怒得燃起熊熊烈火，做出暴力的行為。

關於魯迪烏斯的個性，有以下的軼聞。

「在阿斯拉王國的派對上，由於某位貴族汙辱了魯迪烏斯的妻子，魯迪烏斯便揪住他的脖頸將人拉出派對，並在他眼前燒燬一片森林，要求他賠罪。」

「盟友莉妮亞與普露塞娜破壞魯迪烏斯以妻子為原型製造的人偶時，魯迪烏斯便以對獸族最屈辱的方法懲罰了莉妮亞與普露塞娜。」

「佩爾基烏斯為了替魯迪烏斯的孩子取名字而將他找來空中要塞時，誤以為他要傷害孩子的魯迪烏斯以完全武裝現身，並威脅佩爾基烏斯說如果要傷害孩子，那他將不惜一戰。」

※只不過，這類軼聞幾乎沒有可信度。

・儘管在一般人之間鮮為人知，但世界知名的人物大多數都認識魯迪烏斯，不是對他抱持敬愛就是帶有畏懼。

・死後，從他口袋發現了一條白布，其妻洛琪希見狀立即慌張地收起來，街頭巷尾流傳那其中是否隱藏了重大的祕密，但真相不明。

・據說是全世界第一個發現於幼年期強化魔力總量的法則，並將其編入教育之人。

・非常喜歡米、蛋以及畢黑利爾王國的鬼水。此外，據說有生吃雞蛋的怪癖。

・據說在宗教上信仰著來歷不明的邪神。然而與他信仰的徽章一致的神並不存在，據說那不是在太古滅絕的神，不然就是魯迪烏斯自己創造的神。也有無神論的說法，以及信仰龍神的說法。

●「家族、親戚」

・格雷拉特家

阿斯拉王國上級貴族的家門。

有諾托斯、伯雷亞斯、澤費洛斯以及艾烏洛斯四家，各自治理著四塊廣大的領土，被稱為四大貴族。魯迪烏斯是諾托斯・格雷拉特的直系，由於父親保羅離家出走，已經被排除於諾托斯・格雷拉特的家譜之中。

・保羅・格雷拉特：父親。阿斯拉王國上級貴族諾托斯・格雷拉特家長子。年輕時便離家出走成為冒險者。後來與塞妮絲相遇，一再懇求舊友菲利普・伯雷亞斯・格雷拉特，成為了菲托亞領地的下級騎士。

・塞妮絲・格雷拉特：母親。米里斯神聖國拉托雷亞家的二女。
・莉莉雅・格雷拉特：侍女。保羅的情婦。
・諾倫・格雷拉特：親妹妹。小說家。
・愛夏・格雷拉特：異母妹妹。魯德傭兵團顧問。
・希露菲葉特・格雷拉特：妻子。有長耳族（精靈）四分之一的血統。
・洛琪希・M・格雷拉特：妻子。魔族（米格路德族）。魔法大學校長。
・艾莉絲・格雷拉特：妻子。人族。劍王。
・露西・格雷拉特：長女。
・菈菈・格雷拉特：二女。
・亞爾斯・格雷拉特：長子。
・齊格哈爾德・薩拉丁・格雷拉特：二子。
・莉莉・格雷拉特：三女。
・克莉絲蒂娜・格雷拉特：四女。

●「相關人物」

・札諾巴・西隆

魔法大學的前輩。前西隆王國王子。人偶商會的會長。怪力的神子。

在出版繪本《斯佩路德族的冒險》時，札諾巴與諾倫貢獻了極大的心力。

儘管札諾巴尊魯迪烏斯為師，但魯迪烏斯提及札諾巴時曾說到「在人偶的知識方面贏不了他」。

・克里夫・格利摩爾

魔法大學的前輩。之後成為米里斯教團的教皇。

魯迪烏斯在米里斯教團容易引發問題，據說克里夫會出手庇護他。

另外，魯迪烏斯似乎也相當仰賴他，曾感慨地說過「若是沒有克里夫前輩，我就不會在這裡了」。

・塞倫特・賽文斯塔

魔法大學的前輩。「七星魔女」。在各國設置轉移魔法陣，與魯迪烏斯共同開發其他許多劃時代的發明品，並將其公諸於世。

・愛麗兒・阿涅摩伊・阿斯拉

阿斯拉王國國王。根據阿斯拉王國記的描寫，她在死前曾對心腹路克留下遺言，說「現在阿斯拉王國之所以能維持和平，有很大一部分要歸功於魯迪烏斯的貢獻，在我死後也千萬不可與他敵對」。

・亞歷山大・C・雷白克

北神卡爾曼三世。前七大列強第七位。「龍神的左右手」。

據說他代替不再出現在世人面前的魯迪烏斯，以龍神代理人的身分往來各國。

・莉妮亞娜・泰德路迪亞

魯德傭兵團團長。據說以獸族之長一族的身分，從中撮合魯迪烏斯與獸族之間的關係。

・普露塞娜・亞德路迪亞

魯德傭兵團副團長。與莉妮亞相同，據說以獸族之長一族的身分，從中撮合魯迪烏斯與獸族之間的關係。

・佩爾基烏斯・朵拉

「殺死魔神的三英雄」之一的「甲龍王」。阿斯拉王國重鎮。塞倫特・賽文斯塔的師傅。在阿斯拉王國記中寫到他曾數度談及魯迪烏斯所說的話，但與魯迪烏斯之間的關係不明。

・奧爾斯帝德

七大列強第二位「龍神」。

魯迪烏斯之所以在暗中活動，據說就是為了達成他的目的，但詳情不明。

儘管是鮮少出現在世人眼前的人物，但他出席了魯迪烏斯的葬禮，與其家人一起陪伴魯迪烏斯的辭世。

●「參考文獻」

·阿斯拉王國史料編纂室《阿斯拉王國記》阿斯拉王國　四八〇年

·諾倫·格雷拉特著《斯佩路德族的冒險》札諾巴人偶商會　四二七年

·諾倫·格雷拉特著《天才的苦惱　愛夏·格雷拉特》魯德傭兵團　四五五年

·諾倫·格雷拉特著《大魔術師魯迪烏斯的冒險》札諾巴人偶商會　四七〇年

·諾倫·格雷拉特著《自傳　被天才圍繞的凡人》札諾巴人偶商會　四八二年

·米里斯教團書庫管理部《米里斯教團議事錄》米里斯教團　四六〇年

·畢黑利爾王國歷史編纂室《畢黑利爾王國的歷史四二〇——四三〇》畢黑利爾王國　四三二年

·莉妮亞娜·泰德路迪亞《魯德傭兵團活動記》魯德傭兵團　四五六年

·茱麗葉特著《札諾巴人偶商店幹部會議　議事錄》　四七七年

·塞倫特·賽文斯塔著《新版·魔術教本》　四四二年

·布萊迪康德著《世界偉人·英雄》出版處不明　四八〇年

■■■■■

記錄者：阿斯拉王國資料室　副室長　克魯魯·艾爾隆德

「後記」（節錄自魯迪烏斯之書第二十六集）

好啦，以前我都一直隨便寫著日記，如今寫下來的日記也超過了二十五集，在變得小有名氣之後，就會開始想些奇怪的事情。

那就是……

「這些內容該不會有人看到吧？」

我的日記姑且都是用日語寫的，基本上這個世界的人應該看不懂。

不過，或許有無聊的人會去解讀，而且在我死後也有可能被和我來自相同世界的人看到。

……若是有人耗盡心力解讀，那還真是不好意思，裡面沒寫什麼大不了的事情。

不過，日記就是這樣吧？

雖然不清楚別人是基於什麼目的解讀的，但這本日記出現在市面上時，已經是我死後了。

我希望讓後世的人知道，龍神奧爾斯帝德並非壞人。

其他的呢，我想想……

總之，雖然日記裡面已經寫過好幾次了，我原本並不是這個世界的人。

是在其他世界死後，才轉生到這裡的。

我決定不寫上前世的名字。如果看了這個的人認識在以前世界的我，說不定會帶來奇怪的印象。

話雖如此，儘管我有前世，但也沒什麼特別的。
如果是解讀日記之後看的人就能知道，我只是在這個世界普通地生活。
轉生並非出自我自己的意願，到頭來也不知道是什麼因果才轉世的。
不過，那並非什麼大不了的事。
我只是努力地活著。努力到即使明天會死，也不會後悔。
這是最重要的。
我這樣寫，或許看著這本書的你會嘲笑我吧。
可能會說只是我出生的環境良好，或是被才能眷顧的傢伙真好，再不然就是曾在哪看過我的肖像畫，可能會說是因為我的臉長得好看……
像這些事情，在前陣子的日記也寫過，聽說克莉絲被同學說自己的出生環境很差，妳的環境很好，太狡猾了這樣，害她的心情變得悶悶不樂。
我聽到這件事不禁想著，那我又是怎麼樣？
說實話，我的環境絕對不差。
父親保羅雖然跟女人糾纏不清，但作為一個人來說絕非壞人。
真正的人渣，是偷吃被抓包，明明有完美的證據卻說謊佯裝不知，再不然就是惱羞成怒的那種……
我們家的話，若是我做出偷吃的行徑，想必會被艾莉絲痛毆、被希露菲嫌棄、遭洛琪希輕蔑吧。結果將會導致我失去一切。喔喔，可怕可怕。
塞妮絲作為一位母親也很完美。儘管她年紀輕輕就喪失心智，但想成是在照顧臥病在床的父母其實也還好。雖說基本上都是交給莉莉雅以及希露菲，但是在前世，我也幾乎沒有對雙親做過什麼，與當時相比的話算是做得不錯了。

總而言之，我是由疼愛我的雙親所生的。

儘管並不是無拘無束，但至少沒有負債，雙親也不會每天因為錢的事情爭吵。

這很幸運。

而且我也有魔術的才能。

除了有前世的知識打底，還有拉普拉斯的因子所帶來的龐大魔力。

多虧了這兩個原因，讓我成為善於使用無詠唱魔術的人。

即使找遍全世界，想必也沒幾個人能比我射出更快更強的岩砲彈吧。雖然有點想說這是我靠自己努力所得到的結果，不過，毫無疑問是受到才能眷顧吧。

這很幸運。

關於長相方面，我想也是現在的臉好得多，不過在我的記憶當中，至少不會有女性光看我的長相就湊過來。可是，反而有人以我長得不好看為由，導致我受到不合理的對待。像佐爾達特也曾說過看不慣我的長相……那是因為表情嗎？不過表情是很重要沒錯。

最起碼，不是會被大部分的人迴避的長相。

這很幸運。

毋庸置疑的，這類幸運賜給我要好好努力的契機。

不過我也會這樣想。若是我出生在更為富裕的家庭會怎麼樣。

比方說，如果是生為阿斯拉王國王侯貴族的兒子，過著不愁金錢，不為女人煩惱的生活，我會變成什麼樣子。

我對自己是個好色之徒有自知之明，偶爾也會以那方面為目的而努力。

正因為長年沒辦法得到那類東西，才會感受到其價值的可貴。

即使是這樣的我，若是能輕鬆抱到女人，甚至是不費吹灰之力，就能過著女人主動投懷送抱的生活，還能找到其中的價值嗎？會不會在很早的階段就厭倦，而不願努力嘗試讓女性喜歡上我呢？

魔術方面也是這樣。我認為自己在魔術方面總是夙夜匪懈地努力練習。雖說在旁人看來是很不起眼的訓練，但拜此所賜，如今的我能夠相當精準地操控魔術。

不過第一次看的魔術教本若不是初級而是上級，不，甚至連神級魔術都能易如反掌地使用的話……我在那之後還會努力訓練魔術嗎？

也就是說，我認為人就是因為自己沒辦法得到，事情沒辦法順心如意，所以才會從中找出價值，努力不懈。

結果，人雖然只能用被分配到的牌來決勝負，但總是會對自己分配到的牌產生某些不滿。

就算擁有會令他人稱羨的牌，自己也沒辦法發現其中的價值。

雖然講得好像很了不起，但這是因為我有前世。

我前世的家比保羅家更為富裕，而且關於才能方面，要是不半途而廢的話，我想應該會取得卓越的成就。儘管外表方面是現在更好，但如果能透過運動稍微瘦下來一點，留意髮型或是眉毛的話，至少應該算是上相的。

仔細想想，那是比今世來得更好的環境。

話是這樣說，但即使處於那種得天獨厚的環境，我依然是個人渣。

因為我死的時候也為了這件事感到後悔。

所以，就算我出生的地方不是恬靜的布耶納村，而是位於紛爭地帶的貧民區，在父母親的虐待下長大，或是第一次看魔術教本時，沒辦法生成水彈……我想不管怎麼樣，我還是會很努力吧。

我想，那不會是像現在這樣幸福的人生。

可能是更加詛咒這個世界的人生。

但起碼會比前世的我更有行動力。會不惜一切代價也打算活下去。我想這樣的人生肯定會比前世更有價值。

講得更直接一點，即使前世沒有遭到卡車輾過而轉生，而是直接在原來的世界活下去，只要能撿到一絲幸運，或許我就能努力了。

不過，我想應該很難吧。畢竟當時的我在賭氣，是因為有轉生這種特大號的幸運事件才總算願意動起來。

總之我想說什麼呢，所謂的環境是相對的，有時候可能有一些負面因素的那種才算是「良好的環境」。

所以，你也別把事情都推到環境上面……我並不打算這麼說喔。

我自認處於一個優渥的環境，而且也明白真的有那種「不好的環境」存在。所以不打算講得自己好像很懂一樣。

只不過，無論環境好還是不好，我認為若是想度過令自己滿足的人生，到頭來還是得竭盡全力地拚命活下去。

克莉絲的同學也是，其實他的環境並沒有自己說得那麼糟。雖然沒有受惠於父母，但他似乎擁有自力入學就讀的行動力，也是會朝著目標努力的人。

總之，我以自己的方式在這個世界努力地活下來了。

當然，今後也會努力地活下去。

看在他人眼裡，我的努力或許不像是有拿出真本事。

可是在別人觀點裡面的人生都是這樣吧。

而且，不管其他人說什麼，我的人生也不會改變，其實根本無所謂。對吧？

所以看了這本書的人也要努力地讓自己的人生……啊，一個不小心就變得像是在說教一樣了，看來我也上了年紀啊。不對，說不定是因為我平常就告訴自己的孩子這些話吧。

嗯，關於環境的事情就講到這吧。有點拖得太長了。

好啦，成功解讀這個語言的人會是什麼樣的人呢？

是學者之類的嗎？或者是魔術師，認為我的日記當中隱藏了某種驚人魔術的祕密呢？

不論是哪種人，不好意思啊，沒什麼驚天動地的祕密。

關於魔術，我知道的事情基本上都告訴洛琪希了，應該能在拉諾亞魔法大學或是阿斯拉王國的魔術學校學到。

作為前輩要給一句建議的話，就是不管詠唱魔術、無詠唱魔術、應用在魔法陣的魔術……或者，看著這本日記的你所處的時代正在流行的什麼都一樣，只管練習就是。

把同樣的魔術用到幾乎要失去意識，連休息時也要思考如何去巧妙地運用。也就是所謂的鑽研。

這樣一來，就算不是百年難得一見的天才，也能成為受到周遭尊敬的好手。

對了。如果你翻譯了這本日記的內容，打算獻給某國的國王陛下，我勸你最好打消這個念頭。

因為你解讀了異世界的語言，這是很了不起的事，我可以理解自己的成果想要被誇獎的心情，也認為努力就是想得到相符的回報。

可是以內容來說，裡面也寫到對阿斯拉王國王族而言不太能公開的事情。像「阿斯拉王國的國王其實是龍神奧爾斯帝德的傀儡」這種事，王族不可能會原諒的吧？畢竟這事關王族的威信。

如果是愛麗兒的話，或許把你關起來就能了事，但假如已經改朝換代，我就不保證你的小命還在了。

當然，若是在這本日記裡面出現名字的國家全都從這個世界消失得一乾二淨了，就自由拿去用吧。

嗯？假如經過那麼久的時間，也有可能是歷史學者嗎？

既然這樣，我希望你把這系列當作這時代的一般家庭生活，鄭重地參考。

不過，畢竟我是運用前世的記憶做了許多事情，請別參考過頭。

喔，對了。

最後，若是看著這本日記的人和我來自相同世界的話。

如果你和我不同，想回到原來的世界的話……

我就給你一個建議吧。

「有方法可以回到原來的世界。追隨塞倫特．賽文斯塔的足跡吧。」

順帶一提，如果在夢裡面有個馬賽克混帳在白色空間說要給你建議，記得別相信他。會被騙的。

以上。

終章「序章之零」

甲龍歷五〇〇年。

有名被稱為再生之神子的少女。

那位少女的眼神已死。自出生時就是空洞無神，只映照出絕望的瞳眸。

周圍的大人認為這樣的她很詭異，於是敬而遠之。

少女知道。知道自己會走向什麼樣的命運。她從出生之前就知道了。

不，從出生之前這種說法有語病。

其實她頭一次出生時並不知情。

沒錯，她已經投胎轉世了無數次。

不，投胎轉世這種說法有語病。

她不斷地在重複相同的人生。

不，相同的人生這種說法有語病。

她不斷地在重複僅有些許差異的人生。

雖說僅有些許差異，卻是不同人生……然而，結局卻總是相同。

她的人生總是固定。沒有巨大的改變，一直都是迎來相同的結局。

所謂結局，就是死。

少女會死。儘管死亡對任何人來說都是無可避免，但少女的死實在過於淒涼。

她會被國家視為道具使喚，最後被敵國捉住，遭到殺害。

有時，會如同孩子們爭相搶奪的玩具。有時會遭到殘忍地侵犯，有時會遭到魔物生吞，有時會被奪去自由，沉到水裡……

少女會在痛苦與絕望之中死去。

對於少女而言，所謂的人生就是通往絕望的道路。只是在通往處刑台的道路上一步又一步地走過每一天。

毫無希望。

少女擁有力量。

能將物體的時間最多倒回一天的能力。

那個能力可以再生毀壞的物體。

甚至連死者都能復活。

一天，雖然才僅僅一天，但連死者都能復活的這個能力，要讓她作為神子受到國家徵召已是十分充分的理由。

國王將她放在身邊，獨占這份能力。

只能倒回一天的能力，讓國王免除傷痛與疾病之苦。雖然令人納悶的是無法阻止老化，但這對國王而言只是細枝末節的小事。

就少女所知，王有三種。儘管名字與容貌沒有改變，但性格與言行會有些許不同。侍奉的國王當少女死去，每當新的惡夢開始就會產生些許的變化。

有時人們會因為這種細微的變化而產生不同的想法，會稱這個王為賢王，或是斷定他為愚王。

但是對少女而言，這根本無所謂。無論是哪種王，他對少女所採取的行動都沒有不同。對少女而言，哪種王都是一樣的。

神子的力量，並沒有帶給少女任何幸運。她既無法倒回自己的時間，也不能為了自己而使用。只是為了把她囚禁在名為王宮的這個牢獄所設下的枷鎖。

然後，死去。

被飼養在王宮的角落，每次都會與有些不同的人相遇，最後死去。

有時是力有未逮，觸碰了國王的逆鱗。有時是王國遭到他國攻打，淪為俘虜。

有時是王國遭到魔族侵略，所有人被趕盡殺絕。

少女的生命總是悽慘地凋零。

然後，又從最初開始。

從王國的一隅，邊境的鄉村出生的那時重頭開始。

在那裡度過遭到大人厭惡的幼年期，隨後被帶到王宮，就這樣死去。

當然，少女在一開始的時候也嘗試逃離這個命運。

她試圖隱瞞能力，與父母共度一生。

然而，卻是徒勞無功。

在迎接五歲生日時，王宮不知為何派來了士兵，強行帶走了少女。

她嘗試過在士兵到來之前跑到村子外面逃跑。

然而，仍舊是徒勞無功。

要不是遭到魔物殺害，就是被山賊或是綁架犯捉走。被捉住後雖然會被賣到各式各樣的地方，但最後都會回到王宮。

命運就猶如蟻獅地獄那般將少女與王宮繫在一起，於絕望之中殺害她。

這是地獄。不論多久都會永遠持續下去的無限地獄。

地獄徹底破壞了少女的心。

少女失去了感情，以空洞的表情像機械似的遵從國王的指示。

就這樣過了一百年、兩百年。不，應該是一千年、兩千年。甚至是一萬年、兩萬年。

她如今已不記得自己死了多少次，究竟活了多久。

記憶總是模糊，絲毫回想不起任何愉快的回憶。

唯獨被殺死的瞬間，總是鮮明無比。

想必是本能吧。不想死的這種本能記住了應該迴避的現象，也就是被殺害的那瞬間。

結果，使得少女的一生反而被殺害的瞬間所填滿。

如今已沒有留下任何回憶。只有被殺害的瞬間不斷播放的記憶。

在毫無間斷的死當中，少女如此心想。

強烈地、堅定地這樣想。

（我已經、受不了了……誰來、救救我……）

就在這時，世界的法則改變了。

★　★　★

下個人生出現了變化。

她出生在一個連名字也不知道的鄉下村莊，五歲時被帶到王宮。她在那裡依然遵從國王的吩咐，過著幾乎每天使用能力的日子。

但是，十歲時發生了不一樣的事情。那是至今從未發生過的事件。

她十歲的那天。就像是要慶祝少女的生日那般，她被帶到了某個場所。

那是王宮的地下。她被帶到了有著巨大魔法陣的區域。

少女從來不知道王宮有這樣的魔法陣。因為她無法在王宮裡面自由走動。

魔法陣的周圍站著好幾十名大人。

這群大人手持魔杖，身穿全黑的長袍，以兜帽遮住臉。

少女藉由在以前的無限地獄當中所得到的知識，知道這群人被稱為魔術師。

但是，她不知道自己接下來會受到什麼樣的對待。

因為她對魔術及魔法陣一竅不通。在少女的地獄中，從未有機會學習魔術以及魔法陣。

少女被綁在魔法陣上。

她的眼神依然空洞。儘管發生了新的變化，但是少女的心中甚至沒有激起漣漪。

反正最後都是死。就算途中發生什麼事也不會有任何改變。

這萬念俱灰的想法占據了少女的心。

儀式開始了。

魔法陣毫不留情地從少女體內奪走魔力。

被稱為神子的人類體內，蘊含著無與倫比的魔力。

那魔力的性質與運用在一般魔術與劍術的有所不同，本來的話並不能用在魔術或是這類的魔法陣。

那麼，魔法陣是偶然從少女的身體吸取魔力的嗎？

非也。那個魔法陣是刻意如此製作的。那是要使用「再生之神子」的魔力才得以發動的東西。是誰製作的呢？儘管沒有進入少女的視線，但製作者站在儀式的角落。

那是一名魔法騎士，她被譽為王國史上最頂尖的天才。
她雖然不像少女那樣，但也露出無趣的表情看著魔法陣。
然後，儀式成功了。
魔法陣發出了耀眼的光芒。
七色的光。即是召喚之光。
當光芒消散時，於魔法陣的中心出現了一名少年的身影。
「成功了。」
「成功了啊！」
「這樣國家就得救了。」
魔術師們見狀，頓時歡欣雀躍，少年卻是以茫然若失的表情環視周圍。接著，他把視線朝向癱坐在自己正面，露出空洞眼神的少女。
「那個……這裡是哪裡？我應該是和小七與小黑在一起的啊……奇怪？」
那是在場的人無人知曉的語言。
但是，不知為何少女卻能理解。或許是因為使用了少女自身的魔力，又或者是他會在這裡，其實與少女有關。
「啊，我的名字叫篠原秋人……妳呢？」
「我是『再生之神子』。」

「……神？……呃，我是在問妳的名字喔？」

仔細想想，少女在地獄當中，尤其是來到王宮後就從未被問過名字。

神子沒有名字。

神子若是生為王族，或許會有例外，但基本上神子的名字會遭到沒收。

此後，就被稱為神子，不會以名字稱呼。少女當然也不例外。

然而，原本神子在記得自己的名字之前就會被沒收名字，但少女依然記得自己的名字。

正是因為她反覆地死了無數次，所以才記得。

記得父親與母親為她取的名字。

「——莉莉亞。」

「這樣啊，這名字很好聽。」

少年笑了。

看見他的笑容，少女的胸口一陣悸動。

★　★　★

少女感覺到了變化。

少女被國王解除了神子的任務，轉為擔任少年的翻譯。

讓一名魔法騎士擔任護衛隨行後，就能與少年三個人一起在王宮中自由走動。

「莉莉亞，那是什麼？」

來自別的世界的少年對少女提出了五花八門的問題。

關於這世界的事，關於生活的事，關於人們的事。

少女雖然死過無數次，卻對這些一無所知。

「那是什麼……他是這麼問的。」

「那個？那個是魔道具喔。注入魔力之後，就會從前端冒出火的那種。他們待會兒應該是要去森林擊退魔物吧？」

不諳世事的少女詢問騎士，由騎士代為回答。

被稱為天才的這名魔法騎士雖然一臉倦怠，依然會回答所有的問題。

與少女不同，她無所不知。

「哦，是類似火焰噴射器的東西嗎……話說起來，這世界有很多樹木的魔物呢……莉莉亞有看過嗎？」

「……看過幾次。會搖來搖去地動。」

「搖來搖去啊……哈哈，真難想像呢。啊，不過我有在電影裡看過。」

「電影……？」

「所謂的電影就是——」

充當翻譯的每一天。

那是與從前截然不同的生活。

感覺很新鮮。

少年每當知曉這個世界的事情，便會露出開朗的笑容，此時少女的胸口總是會感到一陣悸動。

起初，她認為什麼都沒有改變。

認為自己已經沒救了。

然而，少年偶爾會聊起他那個世界的話題，她聽到後便湧起了如同美夢那般的幻想。

聽到騎士回答少年提問的那番話，讓她感受到世界之大。

她得知了世界有多麼地遼闊，而且充滿了自己所不知道的各種人事物。

少年來了不久之後，她注意到食物是有味道的。她開始能夠豎耳傾聽早上起床時聽到的鳥囀。能夠感受到溫暖的陽光有多麼舒服。

她真正地感覺到自己活著。

她認為地獄終於結束了。

因為，少年是來拯救少女的。是為了拯救她脫離這永無止境的地獄而來。

而且，自己是為了與這名少年相遇而生的。

從今以後，自己真正的人生即將開始。

「這是命運。」

少女認為少年就是如此堅強、溫柔，成為了她的心靈支柱。

然而，命運背叛了她。

★★★

王國被捲入了戰火之中。

少女早就知道。她知道自己每次都會被捲入這場戰火而死。

她比任何人都還清楚。

但是，少女卻不知道。

少年正是為了打贏這場戰爭才被召喚而來。

她不知道王國僱用的預言家說過，照這樣下去打仗註定敗北，於是建言從異世界召喚勇者讓他戰鬥。而且，她也不知道事情就如同預言家所說，王國花費十年召喚出少年，如今已是退無可退。

少女什麼都不知道。

於是，少年應戰了。

但是，少年不懂何謂戰鬥。王國的人們儘管知道少年不懂戰鬥，依然將他送上戰場。讓他穿上鎧甲，握著劍，站在軍隊的最前方。

因為王國就是為此召喚他的。

於是，少年死了。

在戰爭中無情地遭到殺害，死了。

他以顫抖的雙腿站在戰場，遭到敵將一擊砍下腦袋，死了。

他的首級遭到敵將奪走，回到少女身邊的只有少年的身體。

王國的人們看到死去的少年，僅是嘆了口氣。

異世界的勇者果然派不上用場。相信預言家的胡言亂語根本是愚蠢的行為。

他們只是撂下這樣的話語。

少女緊緊抱住少年的遺骸，為了讓他再生拚命地使用力量。

但沒有用。因為少年死去已經過了一天以上，開始腐爛了。

少女的力量無法起到任何作用。

少女哭了。

她哭喊著為什麼。大喊為什麼自己總是會遇上這種事。哭了。

那不只是因為悲傷的心情而哭。

還有遭到命運操弄的感覺。就像是在嘲笑她「不管妳做什麼都沒用」，那樣的無力感支配了少女的心。

於是，王國又再度滅亡。

少女被捉，一如既往地在失意中喪命。

但是，少女認為這次與以往不同。

她出生後第一次湧起了堅定、強烈、深刻的念頭。

（我想活下去……！）

既非不想死，也不是想求救。

（我想和他一起活下去……！）

與少年共處的時間並不長。

但是，那短暫的時光確實支配了少女的心。少女的心原本遭到死亡記憶所填滿，這段時光輕易地將其覆蓋上去。

少年是她的希望。對少女來說，是她第一次出現的希望。

希望讓少女抬頭，面向前方。少女自有生以來第一次注視著自己的力量。

少女在死去的瞬間，以甚至會出血的力道咬了自己的嘴唇，使用了自己的力量。

使用那只能倒回一天時間——

被如此認為的能力。

使用了每個人都隱約感到不對勁，但因為方便，而沒有進一步詳細調查的的這個能力。

她使盡幾乎要燒掉腦袋的力量，用了這個能力。

她使用了「改變過去的能力」。

就這樣，世界以少女為中心開始輪迴。

★ ★ ★

少女的力量影響到了過去。

甲龍歷四〇〇年。

菲托亞領地，羅亞鎮。

少女深愛的少年殞命的場所。在其上空出現了時空的裂縫。

於時空裂縫的深處，有著與少年關聯性很強的存在。

那個存在，與想要和少年一起活下去的少女靈魂非常酷似。

因此，自然會為了創造少年得救的未來而改變世界，創造出少年存活的道路。

結果，甲龍歷五〇〇年，少年得救了。

……理應是這樣。

讓本來不該存在的人存在於過去的這種行為，即使少女的力量再強大也是不可能的。

這與讓傷勢消失或不會罹患疾病，屬於不同規模。

即使時空的裂縫就在那，那存在也無法降臨到這個世界。

少女的力量與世界的力量開始抗衡。

四〇〇年、四〇一年、四〇二年、四〇三年……

世界平安順遂地進行著。

然而，就在這時。

一個靈魂穿過時空裂縫，迷失到這個世界。

那個靈魂與少年絲毫沒有任何關聯。

只是因為少年在轉移的當下，由少女的力量召喚出存在之前，剛好死在那附近。

然而，因為是處於靈魂的狀態，才能穿過遭到世界封閉的時空裂縫當中那微小的縫隙，進入了這個世界。

後來靈魂四處徬徨，進入了臨死前的嬰兒之中。

那個靈魂的持有者被命名為魯迪烏斯．格雷拉特。

儘管只有一點點，但魯迪烏斯．格雷拉特的存在改變了這個世界。

他改變了洛琪希．米格路迪亞的思想，打亂了希露菲葉特的歷史，賜予艾莉絲．伯雷亞斯．

格雷拉特智慧。

這個行動，導致世界的抵抗力減弱了。

時空的裂縫，被硬硬生地擴張。

隨後，甲龍歷四一七年。

七星靜香被召喚了。

然而，魯迪烏斯．格雷拉特的存在，為世界帶來超出少女期望的改變。

本來的話，應該只是為了拯救少年而發生的變化，變得不可收拾。

歷史開始走向任誰也不知道的方向。

世界改變了。不知道這個變化是否為少女所盼望的。畢竟，少女還沒有出生。

但是，在魯迪烏斯死去數年後。

少女出生了。

作為輪迴的代價，幾乎失去了所有能力，有如空殼的神子出生了。

為了實現自己的願望，在這最後的世界出生了。

而她究竟能不能存活到最後，現在，誰也不知道。

無職轉生

到了異世界就拿出真本事

歷代角色設計集

A
collection of character designs
from
past generations

魯迪烏斯
左眼下有淚痔
7歲
3歲
5歲
6歲
人物設定草案
魯迪烏斯

希露菲

人物設定草案
希露菲

洛琪希
穿長袍
沒穿長袍
權杖
人物設定草案
洛琪希

保羅
保羅：劍
基列奴
基列奴：劍
人物設定草案
保羅&基列奴

塞妮絲
塞妮絲：後方髮型
莉莉雅：後方髮型
莉莉雅
人物設定草案
塞妮絲&莉莉雅

艾莉絲

人物設定草案
艾莉絲

髮型②
髮型①
菲利普
髮型③
紹羅斯
沒穿外套
人物設定草案
紹羅斯&菲利普

阿爾曼菲

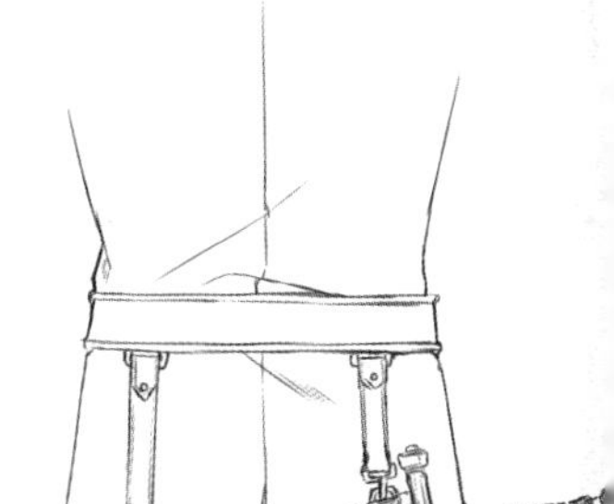

背面・小刀

人物設定草案

阿爾曼菲

人物設定草案
艾莉絲&瑞傑路德

諾克巴拉
賈利爾
人物設定草案
諾克巴拉&
賈利爾

人物設定草案
洛因&洛嘉莉

人物設定草案
洛克斯

人物設定草案
奇希莉卡&札諾巴

人物設定草案
基斯&保羅

艾莉娜麗潔
後面髮型
背面
手
劍鞘
武器
長耳族鍊墜
背面
塔爾韓德
武器
人物設定草案
塔爾韓德&
艾莉娜麗潔

諾倫
嘎
!
!!
愛夏
!!
人物設定草案
諾倫&愛夏

奧爾斯帝德
①
②
面具草案
七星
人物設定草案
七星&
奧爾斯帝德

佩爾基烏斯
①
髮型種類
②
③
④
希瓦莉爾
背面
捲馬尾
翅膀根部
類似
如法衣…
髮飾
人物設定草案
佩爾基烏斯&
希瓦莉爾

穿著長袍
沒穿長袍
魯迪烏斯
15歲
莎拉
什麼
弓
人物設定草案
莎拉&魯迪烏斯

人物設定草案
蘇珊娜&
佐爾達特

提摩西
帕特里斯
權杖
密米爾
戰棍
人物設定草案
提摩西&
帕特里斯&密米爾

菲茲

沒有墨鏡

人物設定草案
菲茲

普露塞娜
莉妮亞
茱麗葉特
奴隸服
側面
人物設定草案
普露塞娜&
莉妮亞&茱麗葉特

人物設定草案
巴迪岡迪&
克里夫

愛麗兒
背面
路克
劍
人物設定草案
愛麗兒&路克

人物設定草案
魯迪烏斯

諾倫　愛夏

人物設定草案
諾倫&愛夏

人物設定草案
妮娜&奧貝爾

塞妮絲
保羅
左手・劍
人物設定草案
保羅&塞妮絲

人物設定草案
艾莉絲&
老魯迪烏斯
老魯迪烏斯
艾莉絲
鳳雅龍劍
無名劍
劍鞘・
劍帶
劍鞘

人物設定草案
飾品草案&雷歐

戒指

手環

指折

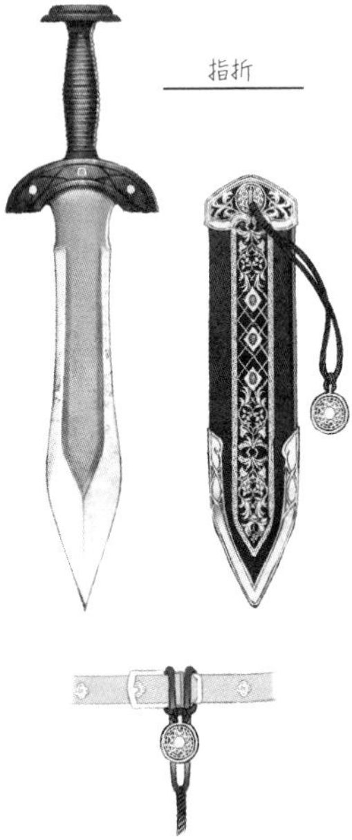

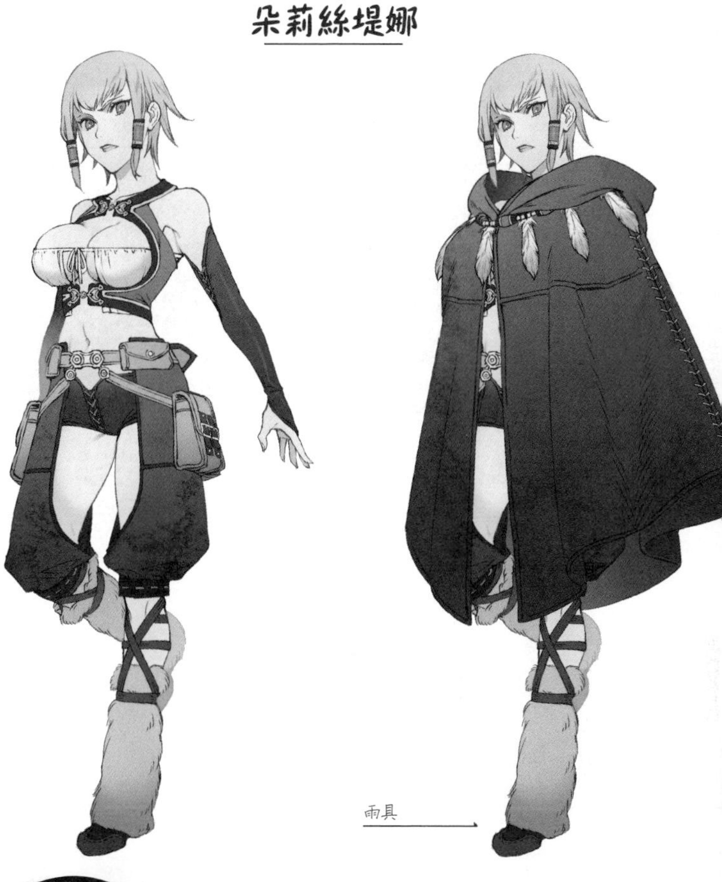

人物設定草案

朵莉絲堤娜

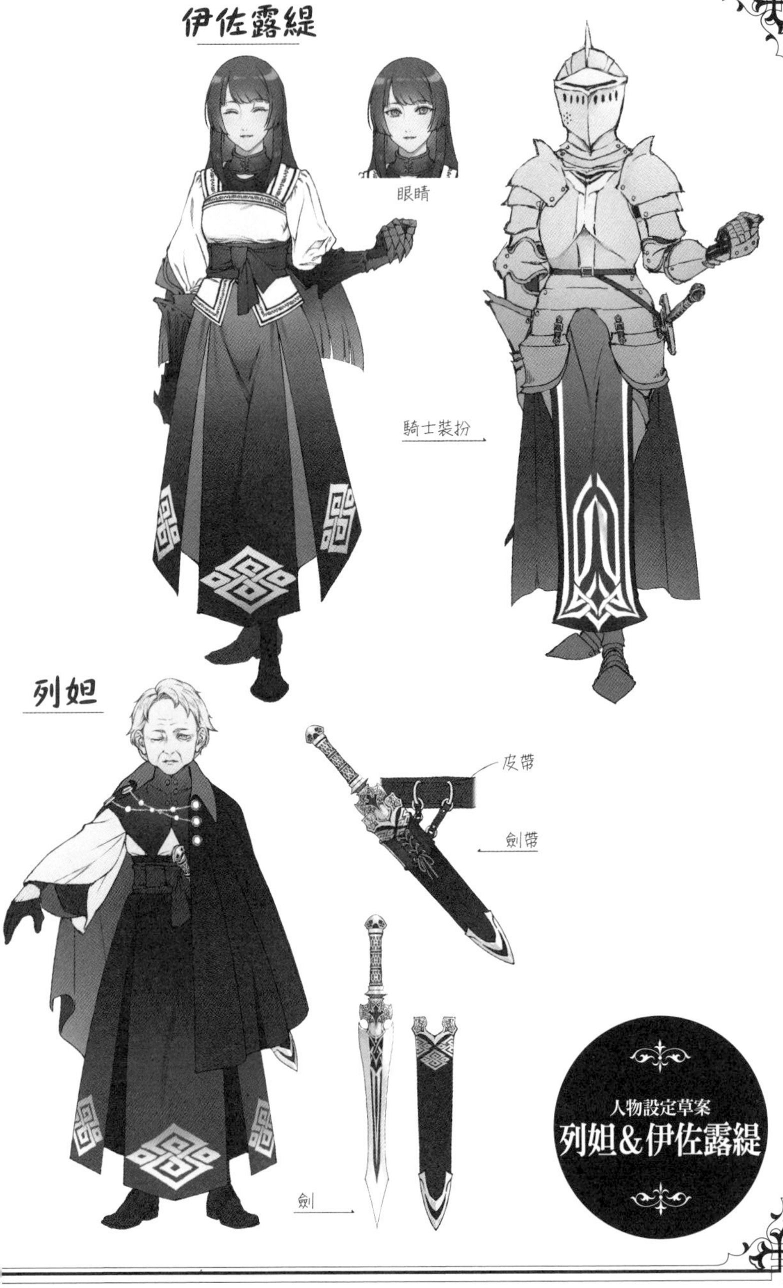

人物設定草案
列妲&伊佐露緹

人物設定草案
諾倫&愛夏

人物設定草案
茱麗葉特&金潔

帕庫斯

班妮狄克特

人物設定草案
帕庫斯&
班妮狄克特

藍道夫

人物設定草案
藍道夫

人物設定草案
魯迪烏斯&克里夫

塞妮絲
特蕾茲
克蕾雅
神子
人物設定草案
塞妮絲&特蕾茲&
特蕾茲&神子

人物設定草案
阿托菲&穆亞

吉諾
背面
無上衣
筒狀
喉笛
劍鞘
劍神
人物設定草案
加爾&吉諾

洛琪希長袍草案
貴族服裝
王
斯特爾畢歐
人物設定草案
洛琪希&
斯特爾畢歐

魯迪烏斯

克里夫　神父服裝

諾倫　旅行服裝

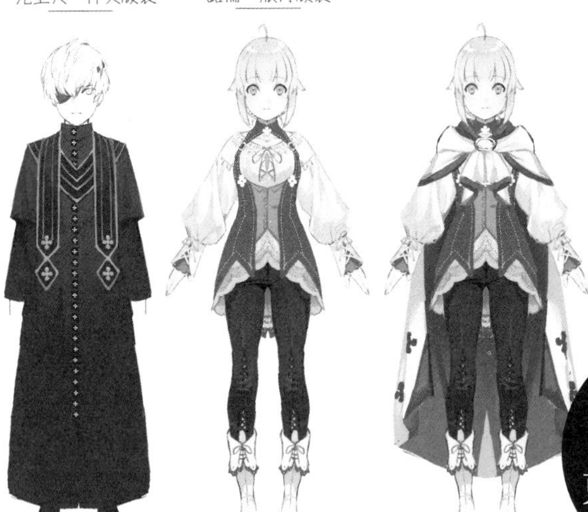

人物設定草案
魯迪烏斯&
克里夫&諾倫

人物設定草案
香杜爾&杜加

亞歷

馬爾塔

人物設定草案

亞歷&馬爾塔

第26集
魯迪烏斯

第26集
基斯

鬥神鎧

人物設定草案
魯迪烏斯服裝&基斯服裝&鬥神鎧

人物設定草案
露西&齊格

髮型Ⓐ
Ⓑ
服裝Ⓐ
菈菈
亞爾斯
克莉絲蒂娜
後面髮型
服裝＋髮型Ⓐ
Ⓑ
Ⓑ
莉莉
人物設定草案
亞爾斯&克莉絲蒂娜
&菈菈&莉莉

非人學生與厭世教師 1 待續

Kadokawa Fantastic Novels

作者：来栖夏芽　插畫：泉彩

討厭人類的教師與充滿魅力的非人少女們，
熱鬧的校園劇現正開幕！

年近三十的尼特，人間零打算到大自然圍繞的山中學校以悠哉的教師生活復健，結果那裡竟是教育非人種族成為人類的女校？這並非異世界奇幻篇章，也不是重啟人生的轉生冒險，只是平凡教師在有點奇特的學校與幾個目標成為人類的非人少女們相處的故事。

NT$250/HK$83

轉生後的我成了英雄爸爸和精靈媽媽的女兒 1~8 待續

Kadokawa Fantastic Novels

作者：松浦　插畫：keepout

為了保護重要的人，
必須全力抓住自己期望的未來！

我是覺醒為下一代女神的精靈艾倫。爸爸跟變成魔物風暴核心的艾米爾對峙，結果命在旦夕！而賈迪爾為了保護我，也受到瀕死的重傷！幕後主使是鄰國海格納的國王杜蘭。竟敢對我重要的人們下手，非讓你好好付出代價不可！

各 **NT$200~240/HK$67~80**

菜鳥鍊金術師開店營業中 1~4 待續

Kadokawa Fantastic Novels

作者：いつきみずほ　插畫：ふーみ

研究學家僱用艾莉絲跟凱特擔任護衛
調查火蜥蜴巢穴卻遭到危險!?

魔物研究學家諾多拉德造訪珊樂莎的鍊金術店。他想委託珊樂莎等人協助調查火蜥蜴居住的巢穴，而珊樂莎想到可以透過遠端操控鍊金生物來輔助這次調查。然而諾多拉德太過胡來的實驗，卻害擔任護衛的艾莉絲跟凱特遭到火蜥蜴攻擊⋯⋯

各 NT$250/HK$83

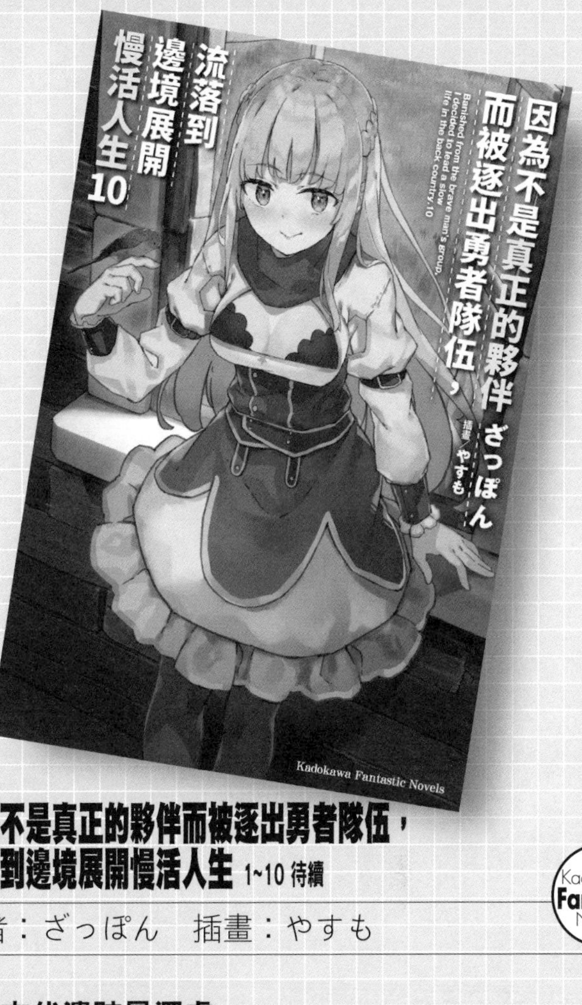

因為不是真正的夥伴而被逐出勇者隊伍，流落到邊境展開慢活人生 1~10 待續

Kadokawa Fantastic Novels

作者：ざっぽん　插畫：やすも

前往古代遺跡最深處——
勇者管理局究竟會揭露「加護」的什麼真相呢！

雷德歷經多場激戰後取回和平，並與莉特一起度過幸福的慢生活。另一方面，梵不曉得「勇者」究竟是什麼，也苦惱著自己到底是誰。梵那樣的身影讓雷德回想起妹妹以前的樣子，為了背負偉大使命的少年，使得身為「引導者」的雷德做出一個決斷——

各 NT$200~240/HK$67~80

國家圖書館出版品預行編目資料

無職轉生 ：到了異世界就拿出真本事 / 理不尽な孫の手作；陳柏伸譯. -- 初版. -- 臺北市：臺灣角川, 2023.06-

冊；　公分. -- (Kadokawa fantastic novels)

譯自：無職転生：異世界行ったら本気だす

ISBN 978-626-352-594-8(第26冊：平裝)

861.57　　112005455

Kadokawa
Fantastic
Novels

無職轉生～到了異世界就拿出真本事～ 26

（原著名：無職転生～異世界行ったら本気だす～ 26）

2023年6月7日　初版第1刷發行
2024年7月29日　初版第5刷發行

作　　者：理不尽な孫の手
插　　畫：シロタカ
譯　　者：陳柏伸

發 行 人：台灣角川股份有限公司
總　　監：呂慧君
總 編 輯：蔡佩芬、朱哲成
主　　編：林秀儒
設計指導：陳晞叡
印　　務：李明修（主任）、張加恩（主任）、張凱棋、潘尚琪

發 行 所：台灣角川股份有限公司
地　　址：104台北市中山區松江路223號3樓
電　　話：（02）2515-3000
傳　　真：（02）2515-0033
網　　址：www.kadokawa.com.tw
劃撥帳戶：台灣角川股份有限公司
劃撥帳號：19487412
法律顧問：有澤法律事務所
製　　版：巨茂科技印刷有限公司
ＩＳＢＮ：978-626-352-594-8

無職轉生

Kadokawa Fantastic Novels